오늘의 메뉴는
제철 음식입니다

오늘의 메뉴는 제철 음식입니다

박찬일 셰프의
이 계절 식재료 이야기

봄날의 맛

여름날의 맛

스테이크를 먹고 싶은
베지테리언들에게

잇몸에 달라붙어
혀에서 녹는 맛

낚싯바늘이 들려줄
소식을 기다리며

녹진하고 걸쭉한
여름 보양음식

촉촉하고 부드러운
양념의 맛

내장까지
야무지게 쏙쏙

가을날의 맛

분이 다시 안으로
응축될 때까지

식량 자주권을
갖기 위하여

평양냉면 먹을 땐
꼭 식초를 쳐서 들라우

통조림이 대세가 된
슬픈 사연

도마에 놓고
탕탕 내려쳐야 잘 잘려

우리를 위로할
단 하나의 생선회

너는 출세한 것이냐
아니면 타락한 것이냐

갓 포장을 벗긴 알루미늄
포일 같은, 아니 거울 같은

겨울날의 맛

봄날의 맛

오만둥이의
영원한 숙적

미더덕

옛날에, 그러니까 동대문디자인플라자가 '서울운동장'이던 때, 자주 야구를 보러 갔다. 전국 고교야구가 인기 있던 시절이었다. 응원 열기가 정말 대단했다. 요즘 프로야구를 좋아하는 분들은 1, 3루석에 홈팀과 원정팀이 각각 나눠 앉는 걸로 알고 있다. 하나 당시엔 그런 게 없었다. 1, 3루가 내야석이니 좀 비쌌고 홈, 원정 구분이 흐릿해서 마구 뒤섞여 앉았다. 내야석은 출향 인사나 고교 동문들이 차지했다. 그러다 보니 대충 5, 6회 넘어가서 경기가 무르익으면 긴장감이 돌게 마련이었다. 앞줄 누군가가 자기와 다른 팀을 응원하면 들릴락

말락 "아, 거 좀 조용히 합시다!" 하고 시비를 건다. 그러다가 자기편이 지고 있는 한 7회쯤에 안타라도 처맞았다 치자. 그때 다른 응원단이 환호를 지르면 옥타브가 달라진다. "아, 거, 혼자 야구 보나, 신발……" 이러면서 농도가 짙어진다. 그러면 상대도 가만있지 않게 되는데, 지역별로 다채로운 반응이 나오게 마련이다. 경상도나 전라도 쪽 응원단이면 그쪽 사투리가 튀어나오고 살벌한 분위기가 연출된다. 충청도는 좀 다르다. 당시 야구 명문이던 세광이나 북일, 대전고 출신 응원단은 쓱 돌아보며 한마디하고 만다. "답답허믄 그쪽이 뛰등가……."

충청도 얘기를 하려는 건 아니다. 바로 마산 아재들이다. 마산 상고가 4강이나 결승에 올라오면 서울운동장이 난리가 난다. 아주 마산야구장처럼 변한다. 어디서 약주들을 미리 하신데다가, 단속을 피해 야구장 밖에서 밧줄로 끌어올려 밀매하는 소주를 추가로 마시고는 상대방을 아주 미더덕 씹듯이 씹어버리는 몇몇 아재들이 있었던 것이다. 아아, 이곳이 서울인지 마산인지 모르게 만들던 그 아저씨들 다 어디 가셨을까. 살아 있다면 일흔 줄은 되셨을 텐데.

화끈한 마산 아재들과 달리 마산 앞바다는 아주 잔잔하다. 특히 미더덕이 많이 나오는 진동 앞바다는 양식에 천혜의 조건을 갖췄다. 호수처럼 보일 때도 많다. 진동 앞바다에서 보면 양쪽으로 반도가 튀어나와 큰 바다를 막고 있는 것이 보인다. 마산의 산들이 주변을 둘러싸고 바다가 느긋하게 들어앉아 있기 때문이다. 앞바다에는 양도라는 섬까지 있어서 안쪽 바다는 더 평온하다. 생전 쓰나미 같은 건 만날 기회가 없어 보이는 지형구조다. 이 바다에 미더덕이 자라는데, 4월이면 이 동네는 난리가 난다. 미더덕축제라는 걸 해서 전국에서 사람들이 몰아닥치기 때문이다.

미더덕찜이나 해물찜을 먹자면 동행 중에 마산 출신들이 있는지 확인해야 한다. 식당에서 싸움이 나기 때문이다. "아지매, 미더덕찜에 오만디밖에 없네?" 이러고 시작한다. 주인이 얼른 사과하면 대충 마무리되는데, 사람 얕보고 "그게 그거지 뭐" 이렇게 나오는 수도 있다. "아지매, 그게 그게 아이라예. 미더덕이 오만디보다 몇 배는 비싼데 말이 안 되지예. 찜값도 깎아야겠네."

미더덕과 오만둥이는 대체로 한 바다에서 자란다. 미더덕이 잘 자라는 곳이면 오만둥이도 좋아한다. 문제는 값이다. 미더덕이 훨씬 비싸다. 구분하는 법은 간단하다. 미더덕은 몸통의 7할 정도는 미끈한 몸매에 우툴두툴한 모자를 쓴 모양이고, 오만둥이는 전체가 우툴두툴하다. 맛도 미더덕이 좋은데, 값이 크게 차이 나는 이유는 또 있다. 원래 미더덕도 몸 전체가 〈판타스틱 4〉에 나오는 '싱'처럼 울퉁불퉁하다. 그렇게 바다에서 나오면 손질을 거쳐야 비로소 판매가 된다. 오만둥이는 통째로 씹어도 되지만, 미더덕은 껍질이 아주 드세서 씹히지 않기 때문이다.

잡아올린 미더덕은 산지에서 아주머니들이 직접 칼을 들고 깐다. 머리만 남기고 홀랑 껍질을 벗기는 것이다. 이 작업이 보통 어려운 게 아니다. 칼이 조금만 어긋나면 표피가 찢어지고 안에 든 '물'이 왈칵 쏟아지면서 몸이 쪼그라든다. 상품성이 없어진다. 그래서 요즘엔 미더덕 전용 칼이 있다. 일반 칼을 연마기로 갈아서 넓적하게 가공한다. 그걸 미더덕에 대고, 밀듯이 깎아야 잘 벗겨진다. 이때 예민한 감각이 중요하다. 미더덕 마을의 어부가 말한다.

"칼을 오이 벗기듯이 위에서 아래로 내려 깎다가 지금은 돌려 깎기가 정착됐습니다. 돌려 깎으니까 훨씬 속도가 붙는기라. 남자가 더 잘 깝니다. 엄지에 힘이 있어야 칼을 밀거든."

미더덕은 껍질을 깠느냐 안 깠느냐에 따라 가격이 크게 차이 난다. 안 깐 것은 3킬로그램에 5천 원 선이고, 깐 것은 3만 원 가까이 한다. 대여섯 배나 차이 난다. 미더덕의 가치는 순전히 사람의 손길에서 나온다. 바다 작업 두 시간 해서 미더덕 잡아온 어부들은 항구에 와서 하루종일 앉아서 미더덕 까는 게 일이다. 요즘은 바닷일에도 외국인 노동자가 흔한데, 이쪽 일은 그들도 하려 하지 않는다. 너무 힘들어서다.

마산 일대를 비롯한 부산 경남 일대에서 미더덕찜을 시킨다고 해서 모두 미더덕을 넉넉하게 넣어주는 건 아니다. 앞서 말했듯이 비싼 까닭이다. 그럴 땐 "아지매, 미더덕이 옷을 안 벗어쁜네" 하고 야유를 하면 이런 대답을 듣는다. "부끄러버가 콩나물 밑에 숨어쁜나보다." 또는 끝까지 미더덕은 그게 그거라고 우길 수도 있다. 거짓말이 아니다. 보통 미더덕이라고 하는 건 참미더덕, 오만둥이는 돌미더덕이라고 부르는 게 정확하기 때문이다. 우리가 홍어라고 부르는 건 참홍어이지만, 가오리도 홍어과 고기이듯. 서울에서 제대로 된 미더덕찜을 먹을 수 있는 곳은 흔하지 않다. 오만둥이와 미더덕의 차이도 잘 모르는 서울 사람들이니까.

미더덕은 봄(특히 5월 초)이 최고의 철이라지만 겨울부터 먹는다. 물론 그때는 알이 잘다. 4, 5월에 아주 크고 맛이 절정이다. 그러다가 더워지면 죽는다. 미더덕은 한해살이다. 매끈한 몸매를 다시 만나기 위해서는 1년을 기다려야 한다.

마산에서 미더덕을 제대로 만난다면 몇 가지 흥미로운 사실을 알게 된다. 미더덕은 봄, 오만둥이는 가을이 제철이라는 것, 미더덕의 값은 그 껍질을 벗긴 아지매들의 수고료가 포함되어 오만둥이보다 비싸다는 것, 더하여 미더덕을 제대로 먹는 법을 알게 된다. 보통 미더덕을 넣고 탕을 끓이거나 찜을 하면 가장 먼저 나오는 말이 "미더덕 조심"이다. 입안에 넣고 씹다가 터지면 뜨거운 즙이 왈칵 쏟아져 화상을 입기 십상이다. 말 지어내기 좋아하는 여행기자 이우석은 이것을 '천연 수류탄'이라고 했다. 미운 사위가 오면 내주는 음식으로 제격 같다. 마산에서 미더덕 요리를 시키면 그래서 '터져버린' 미더덕을 준다. 체강의 물은 쏟아내고 안쪽의 여린 살점을 먹는 것이다.

미더덕은 회로도 먹는 맛이 일품이다. 이때 당연히 몸통에 구멍을 내어 물을 버리고 봄바람처럼 여릿하고 보드라운 혀 같은 살점을 먹는다. 멍게처럼 강한 휘발성 향은 없지만, 달큰하며 은은하다. 머리에 쓴 껍질은 같이 내주는데, 이것은 잘 씹히는 부위라 살점의 맛을 음미하다가 이내 꼬들꼬들 씹어내는 맛이 좋다.

미더덕과 오만둥이는 『자산어보』에 나온다. 그다지 긍정적인 것은 아니었나보다. '음충淫蟲'이라고 기록된 걸 보니 말이다. 실제로 식용하기 어려웠다. 제대로 대접을 받지 못했다. 멍게나 굴, 홍합 양식에 방해를 주는 기생 생물 취급을 했다. 지금처럼 금값이 될 줄 몰랐던 것이다. 연구에 의하여 다른 생물 양식에 피해를 주지 않는다는 것이 밝혀지면서 1999년부터 양식이 허가되었다. 생각해보면, 얼마 되지 않은 미더덕의 역사인 셈이다. 미더덕은 멍게보다 훨씬 기르기 쉽다고 한다. 덜 까탈스럽다. 멍게는 조류와 외부 독소에 민감하다.

미더덕은 창원에 속하는, 과거 마산의 한 면인 진동이 양식의 대부분(70퍼센트 내외)을 차지한다. 봄에 나올 때마다 가격이 크게 다르다. 이유는 잘 모른다고 한다. 농사처럼 해거리가 있는 것이 아닌가 한다. 어쨌든 미더덕이 보이걸랑 얼른 사자. 배를 따서 물을 빼고 요리할 것. 먹다 남은 것도 냉동하면 되는데, 이때도 배를 미리 따서 얼려야 한다.

참, 왜 이름이 미더덕이냐 했더니 더덕처럼 생겼다고 해서 그렇단다. 까지 않은 더덕을 못 본 사람들이 많아서 실감하지 못할 수도 있겠지만, 더덕 또한 어지간히 울퉁불퉁한 몸매다.

미더덕은 암수가 한몸이다. 입수공과 출수공이 따로 있다. 입과 항문 역할을 한다. 입이 얼마나 야무진지 현지 어부의 말대로 "와리바시(나무젓가락)를 넣으면 꽉 물고 놓지 않을 정도"다. 그 입이 쫄깃한 맛을 내므로 회로 먹을 때 자르지 않고 같이 낸다.

같은 미더덕이라도 품질 차이가 있다. 겉모습으로만 봐서 모른다. 갈라보면 또 다르다. 살이 꽉 찬 놈은 속칭 살미더덕, 물이 꽉 찬 건 물미더덕이라고 한다. 서울 사람들은 미더덕을 회나 덮밥 재료로 사용하지 않으니 찌개나 찜에 넣는 작은 걸 선호한다. 톡톡 터지는 미더덕의 몸통 안에 있는 바닷물을 즐기고 있는 거다. 어부가 심드렁하게 말한다.

"뭐, 좋다 하니까 뭐라 할 수 없지만 바닷물 드시고 맛있다 하니 참 할말은 없습니다."

비릿하고 상큼한
바닷내음 나는
속살

멍게

멍게의 살은 달고 연하다. 어떤 시인이나 소설가는 그 살을 입술에 가져다대는 순간을 키스에 비유한다. 상당히 야하다. 손택수 시인은 이런 글을 쓴 적이 있다.

'멍게는 맛을 버리지 않고도 무미의 미학을 실현한다. 쌉싸름한 맛이 나는가 하면 달고, 단맛 쪽으로 끌리는 걸 절제시키는 짭조름한 맛이 있다. 햇빛도 닿지 않는 수천 미터 해양심층수와 만년설 지대의 빙하가 녹아 흐르는 듯 향긋한 즙을 타고 흐르는 그 상큼한 맛은 첫 키스의 추억이라고밖에 더 할말이 없다.'

세다. 소설가 천운영도 비슷한 관능을 멍게에서 발견한다. 역시 키스다. 늦봄은 번식(?)의 계절이니, 멍게가 딱 맞는다. 멍게, 키스, 으음, 번식. 아닌 게 아니라 멍게 살점 두툼한 걸 입에 넣으면, 좀 야하다. 달다.

멍게 손질해본 사람은 안다. 그 살점이 얼마나 귀한지. 멍게 한 놈을 해부해보자. 껍데기를 잘라 살점을 발라내자면, 몸통 안에 있는 것들이 흘러나간다. 바닷물도 있고, 멍게즙이라고 해야 할까, 노란빛의 육수도 빠져나간다. 실은 바닷물에 멍게의 연한 즙이 섞인 것이다. 이 육수가 아까운 것이다. 멍게는 거의 수분으로 이루어진 존재니까. 그 즙에 더러 멍게 최후의 응가가 있을 때도 있다. 멍게는 입으로 먹고 항문으로 싼다. 조직학적으로 항문이라고 부르지 못한다면, 좋다, 출수공이다. 멍게는 입수공으로 물을 받아들여, 그 안에 있는 플랑크톤 등의 유기물을 먹고 소화시켜 출수공으로 바닷물과 함께 배설한다. 그런데 잡힌 멍게는 답답한 박스 안에서 변비에 걸린 모양이다. 미처 배설하지 못한 걸 파인애플 같은 오톨도톨한 몸통 안에 가지고 있다.

왜 그런 거 있지 않은가. 신병훈련소에 입소해서 일주일간 변을 못 보는 일 같은 것 말이다. 실은 나도 그랬는데, 도저히 복통을 견딜 수 없어서 의무대에 갔다. 조교는 뒤에서 씨불거렸다.

"새끼들, 군기가 빠져갖고. 변비에 걸려? 처먹지 못하는 놈들이 널린 세상이야, 아주 귀족병 걸리셨구만."

대충 이랬다. 의무대에 갔으나 의사는 보지도 못했고 의무병이 이렇게 명령했다.

"전투복 상의 탈의, 병상에 눕는다. 실시."

전원 배를 까고 침상에 눕자 의무병 두엇이 일제히 달려들었다. 그러고는, 두 손으로 아랫배를 엄청나게 압박하는 게 아닌가. 변비에는 역시 마사지. 의무실 안에서 다들 일제히 방귀를 뀌었다. 상한 멍게 냄새 같은.

멍게 손질에도 스타가 있다. 통영이나 노량진 같은 곳에서 멍게를 사면 까달라고 할 수 있다. 번개 같은 아주머니들의 솜씨를 볼 수 있으므로 반드시 주문해볼 것. 멍게의 배를 가르고 꼭지를 자르는 식이 아니다. 마치 사과나 배를 깎듯이 멍게를 들고선 칼로 돌돌 돌려 깎는다. 도톰한 멍게 살이 비어져나오고 칼로 훌렁, 끄집어내어 통에 담는다. 그 과정을 자세히 보지 않으면 어, 하는 순간에 끝난다. 슬로비디오는 물론 없으니 자세히 보시라. 꼭지를 잘라서 서비스하는 것도 당연하다. 그 꼭지가 바로 앞서 얘기한 입과 항문, 아니 입수공과 출수공이다. 요놈을 자르면, 안에 멍게 살이 약간 박혀 있다. 씹으면 그 살이 녹아나오고 오도독한 질감을 오래도록 씹을 수 있다.

어물박사 황선도 선생은 멍게의 입수공과 출수공의 위치를 각별하게 설명하는데, 입수공보다 출수공이 조금 아래쪽에 있다는 것이다. 출수공이 위에 있으면 배설물이 입수공으로 다시 흘러들어올 수 있으므로, 그런 식으로 진화했다는 것이다. 만약에 사람의 입 위(코가 있는 위치 정도)에 항문이 있다면 참 괴로웠을 것이다. 설사라도 난다면 얼마나 힘들었을까. 설사를 하면 부장님이 이랬을 것이다.

"이봐, 자네 설사는 색이 아주 진하군. 입 쪽에 묻을 수 있으니 주위를 잘 닦고 다니게."

자상한 부장님이 물티슈를 건넸을지도 모른다. 인간이 제대로 진화한 건 다행스러운 일이다.

멍게라는 이름은 '우멍거지'에서 왔다는 속설이 있다. 어린 남자아이의 벌어지지 않은 성기 끝(포경 상태)을 말한다. 아주 해학적인 이름이다. 앞뒤 빼고 '멍거'만 부르다가 그것이 멍게가 되었다는 얘기다. 물을 찍찍 쏘는 멍게의 모습에서도 오줌 싸는 개구쟁이 어린아이가 연상된다. 절묘한 명명이다.

멍게는 바닷속에서 대체로 군락을 이루어 바위 등에 붙어 있다. 멍게 아래쪽에 수염 같은 게 있는데, 이게 바로 부착 부위다. 그 수염으로 단단하게 바위를 붙들고 늘어진다. 멍게는 어렸을 때는 헤엄을 친다. 그때까지는 뇌가 있다. 그러다가 다 자라기 전에 바위에 붙는다. 뇌가 없어지고 식물처럼 변한다. 멍게 양식은 그런 습성을 이용하여 굵은 줄에 붙여서 바다로 늘어뜨려 기른다. 성질 급한 이들은 4월이면 멍게를 찾는다. 제법 살이 오르지만, 역시 날이 더워지는 5월은 되어야 멍게 맛이 돈다. 6월이 최고다. 5월도 날씨는 따뜻하지만 수온은 아직 더워지지 않았기 때문이다. 온도가 올라가면 멍게의 감칠맛을 결정하는 글리코겐이 증가한다. 학자들이 밝혀낸 바, 멍게 특유의 향은 신티올이라는 성분 때문이라고 한다. 그러거나 말거나, 우리는 쌈쌀하고 달큰하고 야릇하며 휘발되는 그 향이 좋아서 멍게를 먹는다.

보통 2년생의 멍게가 시중에 풀린다. 맛이 드는 시점이다. 3년생이 가장 좋다고들 한다.

멍게에겐 껍데기가 무르는 병이 제일 무섭다. 요새는 이 병을 방제할 수 있지만 과거에는 속수무책으로 당했다고 한다. 멍게 없다고 도시의 횟집은 까딱도 안 하지만 산지는 난리가 난다. 멍게에 밥줄을 대고 있는 사람들이 적지 않기 때문이다. 한때 이 병이 번져서 생산량이 크게 줄었다. 그러자 일본산이 많이 들어왔다. 일본은 우리처럼 멍게를 즐기지 않는다. 어허, 한국인이 좋아한다고? 얼른 내다 팔자. 그런데 그 주산지가 센다이 부근이다. 동일본대지진이 나면서부터는 멍게 수입이 안 된다. 생산량도 줄었고, 방사능 걱정도 있다. 다행히 요새 한국의 생산량이 꽤 많아졌다.

통영에서 한 박스를 주문했다. 10킬로그램에 4만 원. 살만 발라보니 1.5킬로그램 정도. 멍게 무게의 대부분은 껍데기와 체강 안의 수분이기 때문이다. 그러니 은근히 비싼 게 멍게다. 멍게비빔밥을 해먹으면 알게 되는데, 어지간히 멍게를 넣어서는 맛이 없다. 살점 기준으로 100그램 이상 넣어야 성인 남자 기준으로 한 그릇 감이 된다. 팔자면 돈 만 원 받아도 별로 남는 게 없다.

일본의 멍게는 어떤가 확인하기 위해 현지에 가봤다. 미야기현이다. 쓰나미로 난리가 났던 곳이다. 멍게 요리를 파는 집이 있다. 이름이 무려 '프렝탕 식당'이다. 불어의 그 프렝탕^{printemps}이다. 노부부가 며느리와 같이 일하고 있다.

'프렝탕'은 봄이란 뜻이다. 참사를 딛고 봄을 기다리는 마음에서 붙였다고 한다. 숙연해진다. 두 살배기 어린 손자가 엄마 품에 붙어서 이방인인 나를 쳐다본다. 저 아이의 생애는 쓰나미가 없기를. 그러나 이곳에 쓰나미는 평균 37년에 한 번씩 온다.

멍게로 유명한 곳이라 멍게 요리를 판다. '멍게김치'가 있다고
해서 시켰다. 일본어로 '호야 기무치'다. 호야는 멍게란 뜻이다.
정작 나온 건 멍게젓이었다. 하나 또 배웠다. 이곳에선 절인 것
을 '기무치'라 부른단다. 김치가 멀리서 고생한다. 만드는 법은
간단하다. 멍게 살을 발라서 약간 말린다. 그래야 맛이 더 살아
난다고 한다. 소금을 조금 쳐서 냉장 숙성한다. 다음날부터 먹을
수 있다.

이곳 멍게는 한국 것보다 더 크다. 종자는 한국과 같은 것이
라고 한다. 원래 이 동네의 멍게는 한국에 60퍼센트를 수출했으
나 쓰나미가 터지면서 금지됐다. 이곳을 포함한 동북 6현의 수
산물은 한국이 수입을 안 한다.

가게에는 멍게밥과 멍게파스타도 있다. 젊은 며느리의 레시
피라고 한다. 저녁이 다가오자 노부부가 이제 장사가 끝났다고
한다. 집에 101세의 노모가 홀로 계셔서 다섯시면 장사를 마친
다고 한다.

요즘 멍게는 횟집의 '쓰키다시' 외에도 비빔밥으로 떴다. 그
리 오래된 것이 아닌데, 그새 전국적인 인기를 얻고 있다. 멍게
살을 바르고, 초고추장과 참기름, 잘게 썬 김, 통깨, 약간의 채소
를 넣어 비비는 것이다. 대충 해도 맛있다. 멍게를 풍부하게 넣

을수록 더 맛있어진다. 멍게비빔국수도 있다. 일반적인 매운 비빔국수에 멍게를 추가하여 버무리는 것이다. 썩 좋다. 내 친구는 '팔도비빔면'을 삶아서 멍게를 얹어 비비기도 한다. 초고속 멍게 요리다.

멍게가 남으면, 밀봉하여 얼리거나 젓을 담그는 게 좋다. 멍게 무게의 3~4퍼센트의 소금을 넣어 냉장 숙성한 후 먹으면 된다. 소금의 양을 늘릴수록 오래 간다. 어떤 이는 이 멍게젓이 날멍게보다 더 맛있다고 한다. 가볍게 절이는 게 핵심이다.

나는 유럽에서 멍게를 본 적이 없는데, 다른 요리사들은 현지에서 본 적이 있다고 한다. 자료에도 남부 유럽에서는 즐긴다고 되어 있다. 프랜시스 케이스의 유명한 저서 『죽기 전에 꼭 먹어야 할 세계 음식 재료 1001』에는 프랑스어로 'figue de mer(바다 무화과)' 또는 이탈리아어로 'uovo di mare(바다 달걀)'라고 부른다고 되어 있다. 해물 수프인 '부야베스'로 유명한 프랑스 마르세유의 해산물 식당에서는 멍게 날것을 낸다고도 한다.

내가 하는 서양 요리에 멍게를 재료로 써보려고 한 적이 있었다. 우선 가볍게 열처리를 한다. 너무 익히면 수분이 다 날아간다. 그래서 진공한 후 저온으로 3분 익혔다. 레몬즙 넣고 곱게 갈았다. 차갑게 식혀서 생선이나 해산물의 소스로 내면 썩 괜찮

다. 멍게 향이 도는 소스가 된다. 조개, 생선 카르파치오 등에 쓸
수 있다. 마치 해삼 창자젓을 이르는 일본말 '고노와다'와 같은
맛을 낸다.

은빛으로
반짝이는
작은 감칠맛

멸치

국어사전에서 '대변'을 찾아보면 다양한 뜻이 나온다. 소위 '큰 거'라고 부르는 그것부터 하나 마나 한 말만 하는 정당 '대변인'도 있다. 우리 중고등학교 때는 상업 과목을 배웠는데, 대개 책을 덮고 포기하는 대목이 바로 선생님의 "자, 이제 차변 대변에 대해 알아보기로 한다"는 말이었다. 그때 차변 대변을 확실히 배워서 '부기'를 알았더라면 내가 하는 식당들이 '앞으로 남고 뒤로 밑지'는 일은 없었을 것이다.

그때 학력고사가 있었는데, 상업이 자그마치 10점 배점이었다. 다행인 건 다른 종목으로 원서 쓰고 시험 치를 수 있었다. 공업, 수산업, 광업, 농업. 나는 농업을 택했다. 서울에 있는 학교에서 농업이라니. 시험을 치르러 가니, 선택과목별로 학교가 배정되어 저멀리 아현동의 직업학교로 시험장이 정해졌다. 현역 고3은 한 명도 없고 몽땅 지방 출신 재수 삼수생들이었다. 충청도, 전라도, 경상도 등 온갖 구수한 사투리의 바벨탑 건설현장 같던 그 장면이 기억난다.

내가 하려는 얘기는 또다른 대변이다. '대변大笒항'이라고 하면 쉽게 알 수 있다. 부산광역시 기장군 기장읍 대변리. 미역과 함께 대변항 멸치는 전국적인 명성이 있다. 오너드라이버가 생겨나고, 지방마다 축제가 생기자 대변항도 멸치축제를 열었다. 난리가 났다. 국물 내기용 마른멸치밖에 모르는 도시인들에게 펄펄 살아 움직이는 멸치 구경, 게다가 입맛 돋는 멸치 요리를 먹을 수 있는 축제라니.

여행작가 아무개가 있다. 원래는 소설을 썼는데, 아들이 태어나자 문장이 한 줄도 떠오르지 않아 소설을 포기한 사나이다. 그는 그것을 신의 계시라고 말한다. 새끼를 먹여 살리려면 문학 따위는 잊으라는 뜻이었다나. 하여튼 그의 증언에 의하면 매년 2, 3월이 되면 전화통에 불이 나고 이런 원고 청탁이 온다고 한다.

"작가님! 대변항 멸치축제 한 꼭지 부탁해요. 사진 쌩쌩한 걸로다가, 멸치 파닥파닥, 아시죠?"

그는 그럴 때마다 쾌재를 불렀다. 십수 년 전에 찍어놓은 걸보낼 생각으로. 물론 글은 조금 바꾼다. 그렇게 쉽게 돈을 벌다가 몇 년 전부터는 다시 대변항에 갔다. 작가적 양심 때문이다. 최근 사진으로 새로 찍어서 보내기로 한 거였다. 그리고 그는 도착하자마자 심각한 아노미에 빠졌다. 멸치잡이 배를 둘러싸고 농담 보태서 약 2만 명의 카메라 부대가 촬영을 시도하고 있어서, 날씬한 그도 도저히 그 틈을 뚫고 들어갈 수 없었다. 온갖 카메라들, 거대한 방송장비와 DSLR, 미러리스, 스마트폰까지 찍을 수 있는 모든 촬영장비들이 막 입항한 배를 겨냥하고 있었다. 멸치를 잡은 배는 항구에서 그물을 턴다. 이게 아주 힘들다. 어쨌든 그는 겨우겨우 몇 장 건지기는 했다. 신이 나서 얼른 새로운 사진을 송고했다. 그러자 퇴짜를 맞았다.

"작가님, 어디 베트남에서 찍어오셨어요? 동남아 아저씨들이 멸치를 터네요."

"아휴, 좀 봐줘요. 요새 누가 험한 배를 타겠어, 외국인 노동자들말고."

전에는 아저씨들이 그물에 걸린 멸치를 털면서 노동요도 부르고 그랬다. 이제 그 노래를 아는 이도 없고 외국인들이 그저 묵묵히 그물을 털어대기만 한다. 멸치 털기는 노동요 없이는 힘든 작업이다. 워낙 힘이 들기 때문이다. 멸치 그물은 그냥 쏟아내는 게 아니라 그물코에 박힌 멸치를 힘껏 털어내야 한다. 하나씩 떼어낼 수도 없다. 그만큼 가치 있는 생선도 아니고, 일손도 없다. 그래서 힘껏, 무한 반복의 에너지로 털고 또 턴다. 그래서 노래라도 불러야 그 고통을 견딜 수 있었다고 퇴역 어부는 말한다. 멸치 터는 장면을 자세히 보면 이런 중노동이 없다. 터는 동안 멸치는 살이 물러서 종종 터져서 산산이 부서진다. 그 비린내 나는 살점과 피와 내장이 어부들의 얼굴에 가득 붙는다. 그 아저씨들은 멸치라면 손사래를 친다. 아이구 지겨워, 비려.

매년 봄이면 대변항 앞바다는 멸치로 가득찬다. 멸치가 산란하러 내륙으로 붙기 때문이다. 흔히 회귀성 어류로 연어를 거론하면서 그 먼길을 되돌아오는 연어의 능력이 신기하다느니 난리다. (심지어 강산에 형은 노래도 만들었고, 안도현 시인은 책도 썼다. 그 위대한 회귀본능에 대하여.) 그러나 대다수 고기는 멀리 나가면 산란하러 고향으로 돌아온다. 명태도 그렇고, 조기도 그렇다. 멸치라고 다르지 않다. 대변항 앞바다는, 멸치들에게 으슥하고 수온이 적당하며 아늑한 곳일 게다. 거기에 알을 슬러 오는 거다.
　그물만 쳐두면 멸치가 왕창 잡혔다. 항구로 끌고 와서 털어내는 것이다. 멸치는 빨리 털어야 한다. 날씨가 벌써 따뜻해지기 시작하고, 금세 부패한다. '성질이 급해서 빨리 죽는다'고들 한다. 성질이 진짜 급한지는 모르겠고, 헤엄치는 속도가 총알처럼 빠른 등 푸른 생선은 원래 그물에 막혀 속도를 제어당한 순간 죽어버린다. 그게 숙명이다. 등 푸른 생선에는 특유의 효소가 있어서 부패를 촉진한다. 고등어나 정어리도 그래서 산 것을 볼 수 없다. 양식한 게 아니라면. 그물을 후리는 어부들의 손길이 무지막지하게 바쁘다. 멸치는 시간이 돈이다. 그렇게 턴 멸치는 온갖 용도로 팔려나간다. 요즘은 멸치회무침이나 찌개 같은 특산 요리를 많이 먹는다. 산지에서나 먹을 수 있다.

일본인들은 조선을 식민지로 만들기 전부터 우리 땅에서 뭐든 뜯어먹으려고 눈이 벌겠다. 시장에서 유럽 수입품이나 자국 생산품을 팔아서 폭리를 취했다. 쌀을 싸게 후려쳐서 가져갔고, 바다에는 고깃배를 풀었다. 멍청한 조선 조정이 눈만 껌뻑이고 있을 때 온갖 수탈이 시작되었다. 을사늑약이니 강제 병합이 있기도 전에 말이다. 김영삼 전 대통령의 아버지가 멸치 배로 부를 이루어 정치자금을 댄 건 유명한 얘기다. 멸치가 대통령을 만들었다고 헤드라인을 쓴 신문도 있었다. 그 아버지가 바로 거제도를 무대로 멸치를 잡았는데, 일본인들이 일찍이 개발한 멸치잡이 전진기지가 바로 거제도였다. 우리 멸치는 일본산에 비해 품질이 좋았고, 워낙 많이 잡혔다고 한다. 일본인들은 가난한 일본의 어민들을 이 바다로 이주시켜 고기를 잡게 했다. 당시 조선은 목선에 돛대를 달고 그물로 멸치를 잡았다. 일본인들이 몰고 온 배는 동력선이었다. 그물도 저인망이었다. 우리가 뭔가 부정적인 의미로 쓰는 '싹쓸이 저인망'의 그 저인망이다. 바다 밑에서부터 싹싹 긁어버리는 저인망으로 우리 멸치 씨를 말렸다.

죽방렴으로 잡은 멸치는 그물로 잡은 멸치에 비해 스트레스가 적은 상태로 잡히기 때문에 비늘이 온전하고 모양이 좋다. 맛도 당연히 뛰어나다고 한다. 원래 죽방렴은 남해와 삼천포 등지에서 흔한 어구였다. 멸치만 잡는 게 아니라 무슨 고기든 잡아내는 장비였다. 일본이 당시 첨단 설비의 배로 앞에서 싹싹 멸치를 훑어가면서 죽방렴도 시들시들해졌다고 한다. 멸치 한 점에도 남아 있는 끈질긴 식민의 패악이다.

잡은 멸치는 일단 삶는다. 그러니까, 마른멸치는 삶아서 말린 것이라고 보면 된다. 그래야 기름이 빠져서 부패가 되지 않고 맛이 담백해진다. 고로 우리가 멸치 육수에서 얻는 것은 기름기가 아니라 살과 뼈의 감칠맛이다. 예전에 통영 앞바다에 있는 섬 조도에 갔다가 멀리서 해변이 온통 은색으로 반짝이는 걸 보았다. 잡은 멸치를 삶아서 바닷가 돌 위에서 말리고 있었다. 얼마나 피부가 온전한지 정말 은처럼 빛나는 멸치들이 눈부셨다.

그러나 이제 이런 광경은 거의 보기 힘들다. 배에서 바로 삶아서 항구로 들어오면 건조설비로 직행, 불을 때서 말려버린다. 우리가 먹는 멸치에서 '낭만' 같은 건 다 없어졌다. 당연한 일이다. 시골의 그 누가 해변가 돌 위에 멸치를 널고 뒤집고 말리겠는가. 비용도 비용이거니와 사람도 없다. 그걸 요구하는 자가 있다면 미친놈이다.

봄에 노량진수산시장에서 장을 볼 때 노리는 게 있다. 내가 아는 한 동료는 새벽부터 나가서 숭어알을 노린다. 알밴 숭어가 이때 많이 들어오는데, 살점은 회로 뜨고 알은 따로 팔기 때문이다. 이것을 수집하는 게 그의 중요한 봄 노동이다. 그가 파는 숭어알은 남도의 명인이 만든 것은 아니지만, 이런 수고가 배경에 있다.

나는 멸치를 노린다. 염장 안초비를 담글 놈을 찾는 거다. 부지런하고 멋진 요리사라고? 아니다. 우리가 먹는 안초비는 전량 수입된다. 700그램짜리 한 병에 수만 원 한다. 비싸다. 봄에 올라오는 멸치로 직접 담그면 엄청나게 싸게 안초비를 담글 수 있다. 10킬로그램 한 박스에 1만 원 언저리다. 비늘 반짝이는 싱싱한 게 걸리면, 눈이 부셨다. 배를 따고 뼈 발라 소금 쳐서 냉장한다. 나중에 건져서 오일에 담가서 안초비를 만든다. 안초비=멸치젓. 대강 이렇다. 별거 아니다. 요리 이름만 잘 지으면 된다.

'어부가 오늘 새벽에 잡아온 싱싱한 멸치로 만든 수제 안초비 스파게티 2만5천 원.'

정확히 말하면 이렇다.

'외국인 노동자들이 남해바다에서 잡아서 트럭으로 수송한 후 주방장이 요리사들 닦달해서 담근 안초비……'

천천히 씹으면
바닷속으로 몇 번
들어갔다가 나오는 맛

오징어

이탈리아에서 유학할 때 웃기는 일이 종종 있었다. 인터넷이 발달하고 유학생이 많아서 정보를 쉽게 구할 수 있는 요즘과 달리, 20년 전 그 시절에는 정보 부족으로 해프닝이 잦았다. 서양에는 쌀이 없는 줄 알고 한국 쌀 한 말을 지고 온 친구도 있었다. '서양=빵'이라는 등식으로 생각했던 것이다. 이탈리아는 서양에서도 알아주는 쌀 소비국이다.

쌀말고도 김치 때문에 '쇼'가 벌어지기도 했다. 한 동료 유학생이 시장에서 김치를 사서 비닐로 꽁꽁 싸매서 비행기에 실었다. 김치 냄새를 걱정한 것까지는 좋았지만 더운 기내에서 김치

봉지가 터질 줄은 몰랐던 것이다. 발효가 되면서 폭발(?)한 김치 '폭탄' 때문에 화물 반출이 중지되고 마약견까지 동원되어 일대 수색이 벌어졌다. 그는 김치란 치즈 같은 것이라고, 중독 음식이라고 주장했고 그 주장이 꽤 먹혔다고 한다. 타민족의 음식문화에 너그러운 조사관은 이렇게 충고를 했다고 한다.

"치즈 같다는 건 인정하네. 하지만 이 점은 명심하게. 치즈는 폭발하지는 않네."

요새는 유럽에서 김치 구하기가 어렵지 않다. 웬만한 대도시에 한국산 수입 김치가 진열되고, 종종 현지인이 만든 김치도 팔린다. 여담이지만 〈뉴욕타임스〉 인터넷판을 보다가 깜짝 놀랐다. 음식 담당 기자가 직접 동영상에 출연, 김치 담그기 시연을 하는 것이었다. 아주 그럴싸해 보이는 김치였다. 심지어 멸치 젓갈까지 넣었다. 물론 안초비로 대신한 것이기는 하지만.

쌀이나 김치말고도 한국산 중독 음식으로 가져오던 것이 있었다. 바로 말린 오징어였다. 이것은 현지의 한국인에게 선물용으로 아주 좋았다. 이탈리아 사람들도 오징어를 잘 먹는다. 그런데 희한하게도 말린 오징어는 먹지 않았다. 이탈리아인 셰프에게 말린 오징어 한 마리를 선물했더니 물에 불려서 오븐에 구워 먹는 것이었다. 그냥 구워야 더 맛있다고 하니, 살짝 인상을 찌푸렸다.

"찬일. 네가 구워먹는 건 참긴 참았는데 그 냄새가 그다지 좋진 않았어."

음식의 독특한 냄새는 인종과 나라별 혐오를 동반하는 경우가 많다. 몇 년 전 기내 서비스를 받던 손님의 소동과 관련된 사건이 있었는데, 발단은 라면이었다. 난 그 기사를 보고, 오래전부터 국적기 기내에서 라면을 서비스하는 건 알고 있었지만 그토록 많은 사람이 기내에서 라면을 먹는다는 점에서 놀랐다. 라면 냄새를 싫어하는 외국인(주로 서양인)은 꽤 있다. 그래서 오랫동안 기내 서비스로 라면을 제공하는 것이 항공사 입장에서는 불리한 것으로 간주되었다. 그런 라면이, 더욱 민감하게 여길 일등석과 비즈니스석에서 당당히 서비스되는 걸 알게 됐으니 놀랄 만도 한 일이었다. 더구나 김치도 준다지 않는가. 그러나 지금은 심지어 서양인이 더 즐긴다는 말도 있다.

다시 오징어 얘기. 나의 선친은 명동의 중화민국 대사관, 그러니까 타이완의 한국 대사관 근처에서 일했었고 그 대사관에는 아는 친구도 있었다. 아버지는 밤에 뭔가 맛있는 걸 가져오는 일이 많았다. 명동이니 그 시절 최고로 유명했던 전기구이 통닭이 생각난다. 아버지가 바삭하고 기름지게 구운 통닭 봉지를 막 풀어놓으면 깊게 잠든 젖먹이 막내 여동생말고는 모두 일어나서 통닭을 먹었다. 눈은 거의 감은 채로. 내 음식 역사에서 그렇게 기름지고 고소한 음식은 없다. 누런 종이봉투 밖으로 기름기가 설핏 비치고, 안에는 비닐로 싼 전기구이 통닭이 있었다. 아삭하고 새콤한 무를 곁들여 닭을 씹었다. 입가에 기름기를 줄줄 흘리면서 그 고소한 닭 껍질을 먹는 맛이란! 지금도 그 가게가 있는데 요새는 목은 거의 빼고 주는 듯하다. 나는 이미 그때 닭 모가지 뜯는 맛을 알았다. 굵은 무명실 정도나 될까 말까 한 가느다란 살점이 그토록 맛있을 줄이야.

통닭은 비싸서 자주 사 오시진 않았지만 종종 별미가 있었다. 파인애플이나 바나나였다. 그때 그런 이국의 열대과일은 팔다리나 부러져서 입원해야 얻어먹던 별식이었다. 그런 걸 아버지는 쉽게 가져오셨는데, 그게 다 타이완 대사관에서 나온 것이었다. 아마도 대사관 몫의 무관세 통관품이었을 게다.

과일말고 인상적인 것은 마른오징어였다. 분이 뽀얗고 잘 말랐으며, 수분이 적당해서 최고급이었다. 찢으면 분이 폴폴 날아오르고, 결이 고왔다. 입에 넣고 씹는 순간 어찌나 단맛이 나오는지 말문이 막힐 지경이었다. 그야말로 최고급 오징어였다. 대사관에서 나왔으니 수입품이었을까? 아니었다. 그때는 한국의 마른오징어와 열대과일을 구상무역(바꿔 먹기)했다고 한다. 그 일부 오징어가 타이완으로 날아가지 않고 명동 대사관에 남아 있다가 한국인에게도 좀 풀렸던 모양이다.

어려서 먹은 음식의 기억은 아마도 서너 살 때가 처음인 듯한데, 놀랍게도 그중에 오징어가 있다. 어머니가 마른오징어를 씹어서 내 입에 넣어주던 기억이다. 딱딱한 오징어이니 질겅질겅 씹어서 부드럽게 만든 후 내 입에 넣어주셨을 것이다. 그 사랑을 갚을 방법이 별로 없으니 불효자식이라는 자책이 든다.

전주에 가면 '전일슈퍼'라고, '가맥'이라는 별난 형식의 음주를 하는 곳이 있다. 아는 분들이 많을 것이다. 가맥이란 그쪽에서 부르는 그냥 '가게 맥주'라는 소박한 명명이 고유명사로 굳은 것이다. 이 집에 가면, 마른 북어를 보풀이 일도록 두들긴 것을 구워서 병맥주에 곁들였다. 제법 널따랗고 수수한 가게 안에 북어 냄새와 담배 연기가 자욱했다.

자리를 잡고 앉으면 나는 꼭 오징어를 시켰다. 이 지역에선 오징어라고 하면 일단 갑오징어다. 그렇다. 오징어 중에 '갑'이라고 할까. 딱딱한 뼈가 있어서 그렇게 이름 붙였지만 오징어 중의 슈퍼 갑이라고 해도 된다. 그만큼 맛있다. 보통 우리가 먹는 오징어(살오징어라고 한다)처럼 부드럽지 않고 밀도가 꽉 차

서 이에 꽉꽉 물리는 질감이다. 그런데 씹을수록 감칠맛이 우러
난다. 대단한 맛이다. 천천히 씹으면 바닷속으로 몇 번 들어갔다
가 나오는 맛이다. 맥주로 목을 축여가며 먹다보면 턱은 아프고
이는 시리지만, 참 맛있다는 소리가 절로 나온다.

갑오징어는 양력으로 5, 6월에 많이 보인다. 살아 있는 것도
수산시장에서 볼 수 있다. 마치 화석化石 같은, 지구 역사를 다 몸
에 새기고 있는 듯한 원시적 모양이다. 다리는 짧고 통통하며
돌기가 두드러진다. 내 생각에는 횟감으로 먹는 게 최고다. 살
점이 두툼하고 넉넉해서 씹는 맛이 좋다. 삶거나 구우면 살점
이 쉬이 딱딱해진다. 물론 그 맛을 높이 칠 수도 있다. 오징어의
'갑'답게 『자산어보』에도 등장한다.

'남월지南越志에서 말하기를 성질이 까마귀를 즐겨 먹어 오적烏
賊이라 이름 지었다. 까마귀를 해치는 도적이라는 뜻이라고 하
였다.'

그리고 등에 타원형의 기다란 뼈가 있다고 적었으니 당연히
살오징어가 아니고 갑오징어다.

오징어 요리는 유럽에서도 즐겨 먹는다. 서양인이 오징어를
먹지 않는다는 소문은 정확하지 않다. 남부 유럽에서는 아주 좋

아한다. 다양하게 요리하는데 프랑스와 이탈리아, 스페인 등지에서는 순대로도 만들어 먹는다. 우리 동해안의 요리법과 유사하다. 오징어 속을 비우고, 빵가루와 채소, 해산물이나 고기를 볶아넣고 올리브유를 뿌려 오븐에서 굽는다. 토마토소스를 곁들이는 경우도 많다.

최근에 서울에서 아주 맛있는 오징어 요리를 먹었다. 오징어를 삶은 숙회였는데 소스가 특이했다. 싱싱한 오징어의 간과 된장을 섞어 만든 것이었다. 정식으로 파는 요리가 아니라, 반찬처럼 나오는 것이어서 따로 사 먹을 수는 없었다. 오징어 물(선도)에 따라 있다가 없다가 할 것이다. 일본에 가니, 비슷한 요리가 있었다. 오징어 내장과 일본 된장, 식초를 섞어 만든 소스였다.

오징어의 간은 대단한 맛이다. 좋은 오징어를 구하면 나는 반드시 요리에 간을 쓴다. 내장은 대개 버리고 살점만 쓰는 건 오징어를 모독하는 것이라고 하겠다. 오징어의 맛과 영양이 응축되어 있는 것이 먹물과 간이다. 이 둘을 섞어서 소스로 써도 맛있다.

한국인이 일본에 연간 8백만 명 내외 가는데, 규슈에 가는 사람이 절반은 된다. 규슈 음식은 아주 다양하지만, 활어회 얘기를 해야겠다. 일본은 흔히 '숙성회'가 유명하다고들 한다. 선어를 많이 먹기 때문에 따로 숙성하지 않아도 숙성이 된 경우도 많다. 한국은 활어회, 일본은 숙성회라고 딱 꼬집어 나누는 경우도 있다. 생선을 숙성할 경우 이노신산 등 맛있는 아미노산이 풍부하게 증폭되어 더 맛있어진다는 건 널리 알려진 이야기다.

그럼에도 한국 사람들은 활어회의 씹는 맛을 더 좋아한다고들 한다. 규슈에선 일본의 다른 지역과 달리 활어회가 꽤 인기 있고, 오징어(실은 한치다)는 활어회가 기본이다. 일본 다른 지역에서 한치회라고 해서 받아보면, 이미 죽은 것을 쓰는데 규슈만은 거의 100퍼센트 활어다. '이키츠쿠리活造り'라고 부른다. '살아 있는 것을 요리한다'는 뜻이다.

한번은 규슈에 특별한 한치회 전문집이 있다고 해서 가봤다. 바닷가에 식당이 잠수함처럼 물에 잠겨 있었다. 내부로 내려가면 창문 밖으로 고기들이 이리저리 움직였다. 파도가 치면 가게가 흔들렸다.

규슈의 산 오징어회는 껍질을 벗긴 후 살점에 촘촘하고 길게 칼집을 넣는다. 칼을 예리하게 넣어서 살점이 조금씩 꿈틀거리기도 한다. 머리(실은 지느러미)와 다리까지 함께 제공한다. 그렇다고 그대로 먹는 것은 아니다. 손님이 몸통을 회로 먹는 동안 지느러미와 다리는 다시 가져간다. 대개 묻지 않고 튀겨서 내는 것이 보통이다. 그러나 간혹 어떻게 요리를 해주느냐고 묻는 경우가 있다. 우선 지느러미는 구울 수도 있고 튀길 수도 있기 때문이다. 구워달라면 토치로 살짝 그을리듯 구워준다. 야들야들하다. 튀기면 아주 고소하고 부드럽다.

그런데 여기서, 나만의 '비장(?)'의 주문법이 있다. 지느러미도 회로 달라고 하는 것이다. 그러면 가져가서 껍질을 벗긴 후 가늘게 썰어서 낸다. 지느러미는 어쩌면 몸통보다 더 맛있다. 꼬들꼬들하고 입에 착착 감기는 맛이 있다. 상어나 가오리의 지느러미가 그렇듯 지느러미 특유의 촉감이 다르다.

다리를 먹는 법도 있다. 당연히 튀기는 게 제일 보편적이다. 일본식 영어로 '후라이'라고 한다. 이런 산 오징어(한치)회는 2천 엔에서 3천 엔 사이다. 우리 돈 3만 원 미만. 한치 한 마리 값치고는 센 편이지만 물가를 고려하면 꽤 괜찮다.

한치는 한국에서 고급 어종인데, 보통의 산 오징어는 오랫동안 아주 싼값에 팔렸다. 도시에서 산 오징어회라고 해서 만 원에 일고여덟 마리씩 주던 시절도 있었다. 속초 같은 산지에서 사면 아예 박스에 만 원이었다.

이젠 오징어 어황이 예전만 못하다. 특히 산 오징어는 귀물貴物이다. 산 오징어회를 먹을 때 답답한 부분이 있었다. 주문을 하면 기계로 껍질을 벗기고, 몸통 역시 기계에 넣어 썰어서 주는 집이 많았다. 워낙 오징어가 싸다보니 많은 양을 제공해야 하고, 당연히 사람 손으로 일일이 손질하면 시쳇말로 인건비가 안 나오는 지경이었던 것이다. 그래서 산 오징어회에서는 기계의 쇠맛이 나곤 했다. 아쉽다.

딱 그때를 맞춰야
먹을 수 있지요

산나물

나물은 길러서도 먹고 캐서도 먹는다. 여전히 우리는 자연산 나물이어야 진짜라고 믿고 있지만 실은, 대부분의 나물은 밭에서 기른다. 산에서 나는 것 같은 나물조차도. 산나물을 뜯을 사람이 없기 때문이다. 산나물이라고 통칭하지만, 아주 복잡하다. 초본식물일 수도 있고, 꽃일 수도 있다. 나무의 싹일 때도 있다. 나물 사진을 들고 다니며 캐도 쉽지 않다. 계절과 시간, 공간의 차이에 따라 나물이 되기도 하고 그냥 풀이나 나무 싹이 되기도 하기 때문이다. 마침 야생 나물을 캐는 이들이 있어서 그들을 뒤따르기로 했다. 약초꾼들이다. 그들도 산삼이나 약초가 돈이 되는 까닭에 나물을 캐는 경우는 아주 드물다. 그러나 나물을 보고 싶다는 나의 요청에 그들은 나물이 있는 곳으로 나를 이끌어주었다.

2017년의 어느 봄. 마침 봄비가 장하게 내리는데, 두 명의 산나물꾼들이 지리산 뱀사골로 들어섰다. 원추리나물 군락지를 찾아서다. 개선마을이라고, 본디 열 가구가 살던 깊은 산촌으로 이어지는 잔교가 계곡 위로 흔들거린다. 요즘은 다 이주하고 마을 터만 남아 있다고 한다. 잔교 위에서 촉촉한 봄비를 맞는다. 흐르는 계곡물을 보니 아찔하다. 철쭉을 닮은 붉은 대꽃 사이로 원추리가 푸른 잎을 날렵하게 뻗고 있다.

"식감 좋은 나물이지요. 나물은 철이에요. 딱 그때를 맞춰야 먹을 수 있지요."

원추리는 여린 잎을 쓰며, 반드시 데친 후에 우려서 써야 한다. 독성이 있어서다. 독특한 씹힘이 있고, 비타민이 풍부하다. 이맘때 원추리나물은 입맛을 돋우는 데 최고다. 산나물꾼들이 많이 뜯는 나물은 아니다. 값에 비해 뽑는 공이 많이 드는 까닭이다.

나물은 보통 산나물이라고 부른다. 들나물이라는 말은 잘 안 쓴다. 딱 춘궁기, 등짝과 배가 붙을 정도로 궁기가 심할 때 나물이 산에 솟았다. 이 절묘한 맞춤으로 우리 조상들은 겨우 봄을 넘겼다. 이제 우리는 나물을 대개 미각으로 먹는다. 나물은 거의 초본식물의 어린싹이다. 봄이니 여리다. 크면 못 먹을 것도 순하고 여리므로 먹어 넘길 수 있다. 산나물꾼들의 말에 따르면 거기에 나물의 특징이 있다고 한다.

"이쪽 지리산 남원에는 4월 중순에서 5월 말까지가 나물 철이지요. 그늘진 곳은 더 늦기도 하고, 한 산에서도 조금씩 달라요. 물론 한 해 내내 나물을 먹을 수 있습니다. 옛날식으로 하면 말리는 쪽이고, 요즘은 데쳐서 냉동하는 방법을 많이 씁니다."

나물은 한정된 풀의 이름이 아니다. 갈무리한 재료의 총칭이자, 반찬의 이름이기도 하다. 날것으로 또는 데치거나 말려서 먹는다. 먹는 대상이 매우 많고 요리법도 다양하다. 대표적인 산나물인 참취, 도라지, 고사리뿐만 아니라 대략 4~5백 종에 달하는 나물을 먹는다. 동서양 모두 산과 들, 밭에서 나는 초본을 먹고 있지만 '나물'이라고 부르며 광범위한 섭취를 하는 나라는 역시 한국이다. 가까운 일본도 나물류를 꽤 먹지만, 그들도 한국의 나물을 '나무루ナムル'라고 부르면서 독자성을 인정한다.

한국인이 나물을 얼마나 좋아하는지 보여주는 일화가 많다. 자연보호에 까다로운 캐나다와 뉴질랜드로 갔던 초기 한국인 이민자들의 '전설'이 지금도 전해진다. 산에 지천으로 피어난 고사리 등 나물을 캐다가 경찰에 체포되는 일이 왕왕 있었다는 것이다. 내가 이탈리아에 있을 때도 나물 캐러 가는 현지 주재원 부인들이 있었다. 봄이면 산나물 채취 관광상품을 내놓는 나라는 세계에서 아마 대한민국이 유일할 것이다.

나물 채취업을 전문으로 하는 이들은 산림청 등 관청에서 허가를 받아 채취에 나선다. 하루 20킬로그램으로 제한하고 있으며, 초본만 채취할 수 있고 나무는 건드릴 수 없는 등 까다로운 조건이 있다. 나물은 보통 뜯거나 캔다. 뿌리를 함께 먹는 고들빼기, 냉이 같은 경우는 뿌리째 얻는데 이런 경우를 제외하면 '뜯는' 게 중요하다고 한다. 산나물꾼들은 이렇게 조언한다.

"나물을 뿌리째 캐버리면 토양도 망가지고 다시 잎이 나오지도 않게 되지요. 개체수도 줄고요. 뿌리를 쓰는 나물이 아니면 잎만 추려냅니다. 나물에도 지속 가능한 방법이 있는 셈이에요."

산나물 소비가 가장 많은 철은 흥미롭게도 봄이 아니다. 겨울 자락인 대보름 무렵이다. 이때 가장 많이 팔리고 먹는데, 물론 말린 나물이다. 말리면 무게가 생체의 10퍼센트에 못 미친다. 자연산 나물을 인터넷에서 구매하기 어려운 이유가 따로 있다. 규정 때문이다. 자연산, 천연 등의 표현을 쓸 수 없다. 그냥 '국내산'으로만 표기 가능하다. 그래서 더러 '묘수'가 나오기도 한다. '지리산에서 채취한' 등의 표현이다.

제각기 의견이 다르지만, '나물의 왕'으로 두릅과 명이(산마늘) 등을 꼽는 데는 이견이 없다.

두릅은 가지에 순이 하나씩만 나오고, 딸 수 있는 시기도 짧다. 억세어지면 가치가 없다. 우리 먹거리에서 참이란 말이 붙으면 맛이 진하다는 뜻이다. 참두릅은 데쳐서 나물로 먹고, 전을 부쳐도 향기롭다. 참두릅으로 밥을 지어냈는데 양념간장을 뿌려 비벼 먹었더니 맛이 기가 막혔다. 밥 짓는 동안 부엌에 향이 가득차서 흐뭇할 지경이었다. 다 제철의 좋은 것들이 지닌 위력이다.

두릅나물에는 참두릅말고도 개두릅, 땅두릅도 있다. 원래 우리말 작명에서 '개'가 붙으면 전통적인 토종이란 뜻이 있다. 개두릅이 딱 그 경우다. 엄나무 순을 뜻하는데, 양이 적고 귀하다. 땅두릅은 독활이라고도 부르며, 땅에서 순이 나온다. 중국에서 나무에 싹을 틔운 채로 수입해오는 경우도 많았다고 한다. 두릅 중에서 값이 가장 싸다.

명이는 산마늘이라는 이름대로 매운맛이 있다. 지금 우리가 먹는 보통의 마늘은 본디 이 땅에서 자라던 종이 아니다. 그래서 단군설화에 등장하는 마늘은 아마도 이 명이일 거라 추정하고 있다. 나물의 왕으로 불러도 될 만큼 맛있고 귀하다. 흥미로운 건 명이의 특징이다. 인삼이 따로 없다. 인삼 농사가 어려운 점은 다년생이고, 6년을 채웠을 때 상품성이 높다는 점이다. 그만큼 기르는 동안 '리스크'가 크다는 뜻이다. 명이가 딱 그렇다. 잘 기르다가 4, 5년차에 죽으면 긴 농사가 도로아미타불이다.

명이 종류는 잎이 넓고 주름이 큰 울릉도종, 폭이 좁은 오대산종과 지리산종이 있다. 장아찌나 생잎으로 쌈을 싸면 맛이 아주 좋으며 삶아서 나물로도 무친다. 강원도산은 조금 더 늦게 나오고, 지리산 쪽은 출하가 빠르다.

"명이는 한 뿌리에서 두 잎이 나오는데, 하나만 뜯어야 합니다. 한 잎은 남겨서 광합성을 계속해야 살아날 수 있거든요. 그만큼 수확량이 줄어드니 비싸지는 것이지요."

나물 중에 대표적인 것으로 고사리를 뺄 수 없다. 한때 중국산이 시장에 많이 나왔는데 요즘은 드물다. 국내 생산량이 크게 늘어서다. 자생 고사리를 재배하는 농민이 많다. 비료를 쓰는 경우는 드물고, 대개 비탈지고 햇빛 잘 드는 둔덕에 씨를 뿌려 얻는다. 고사리는 빛을 가리는 나무가 울창하면 잘 안 자란다. 번식력이 좋아서 고생대 이후 지구상에서 오래 살아남은 식물이기도 하다.

취나물은 사실상 99퍼센트 재배한 것이라고 봐도 된다. 값이 워낙 싸서 굳이 산에서 뜯는 일이 없다. 눈개승마라고, 희한한 나물도 있다. 이 녀석은 뿌리가 깊고 튼튼해서 방재용으로 심어서 두고 잎을 뜯으면 좋다. 쌉쌀한 맛이 기막히다. 이밖에도 방풍나물, 방앗잎 같은 나물도 산에서 캐거나 들에서 재배한다. 경상도에서 매운탕에 꼭 넣는 방앗잎은 몸에 좋다는 설이 돌면서 인기가 전국화되고 있는 중이다.

"텔레비전에 크게 소개되면 갑자기 특정 나물의 인기가 솟아요. 주문 전화가 빗발치면 '아, 텔레비전에 나왔군' 하면 틀림없어요. 그러다가도 금세 인기가 가라앉고, 인기가 지속되어도 금이 좋진 않아요. 중국에서 수입하니까."

가죽나물은 초본이 아니고 나무의 어린싹이다. 그래서 양이 아주 적다. 중국 요리에는 예전에 필수적으로 가죽나물 절인 것을 썼다. 요즘은 그런 나물을 썼는지 아는 중국 요리사도 드물다.

나물은 일반 밭이나 야산을 개간해서 밭작물로 재배를 많이 하는데, 물량으로는 섬에서 가장 많이 나온다고 한다. 해풍 맞고 자라는 나물이 쑥쑥 잘 자라기 때문이라고 한다. 거문도니 거제도 같은 남해의 섬 다수가 나물 장사로 먹고산다고 한다. 어업이 아니라니, 이런 얘기도 참 특별하다. 세상이 변하는 것이다.

귀경길에도 여전히 지리산 일대에는 비가 뿌렸다. 비에서 비릿한 봄냄새가 났다. 그것은 산의 냄새이기도 했고, 그 산에서 자라는 나물의 여운 같은 것이었다.

여름날의 맛

스테이크를
먹고 싶은
베지테리언들에게

가지

날이 더울 때는 어머니의 가지냉국이 생각난다. 자랄 때 유일하게 그나마 맛있게 먹던 가지 요리였다. 어려서부터 가지 좋아했다는 사람이 있으면, '정말로?' 하고 의문이 든다. 그 미끈거리는 게 맛있었어?

내가 살던 동네는 서울 변두리였는데 농사를 짓는 사람도 제법 있었다. 우리 또래 어린 것들은 들과 밭을 쏘다니며 뭐든 먹어치웠다. 알타리 농사를 짓고 나면, 미처 덜 뽑힌 놈이 있다. 수확이 끝나 휑한 밭에서 남은 무를 골라내어 간식으로 먹었다.

씻지도 않고 그냥 이빨로 껍질을 벗겨내어 씹었다. 달고 아삭아삭한 알타리무 맛! 칡도 캐고, 삘기도 뽑아 먹었지만 건드리지 않는 게 하나 있었다.

가지였다. 가지밭 근처에만 가도 비릿한 비누냄새가 났다. 어른들은 저런 걸 왜 기른담, 그렇게 생각했다. 한번은 생으로 씹어본 적이 있었다. 먹는 것이니 무슨 맛이든 있겠지 싶어서였다. 습기 있는 마분지 씹는 맛. 단맛이 희미하게 있긴 했는데 그것이 오히려 비린내를 강조했다. 이탈리아에서 본 장면인데, 어느 식당에서 아이가 울고 있었다. 전채로 나온 가지 요리를 먹지 않겠다고 했다가 어머니에게 혼이 난 모양이다. 어디든 비슷한 모양이다. 가지 맛을 알면 어른이 된다. 이건 확실한 말이다.

세계에서 가지 요리가 가장 맛없는 나라는 한국이라는 말이 있다. 가지무침, 가지나물, 가지냉국…… 뭐 더 없나? 우리 어렸을 때는 가지는 누명까지 썼다. 아무 영양가가 없다고. 가지 싫어하는 이가 퍼뜨린 거짓말이다. 송구하게도 다른 나라 요리를 먹어보고 나서야 가지 맛을 알았다. 중국식의 가지 요리는 단맛이 강한 가지의 특징을 잘 드러낸다.

마포의 구 가든호텔 뒤에 가면 이걸 잘하는 요릿집이 있다. 가지를 맵고 달게 볶는다. 설탕도 꽤 많이 들어가는 듯하다. 설탕이 튀겨지면서 캐러멜처럼 단맛을 낸다. 조리법은 간단하다. 가지를 튀긴 후 소스에 한 번 더 볶는다. 칼로리 걱정하면 못 먹는 요리다. 가지는 튀길 때 기름을 잔뜩 흡수한다. 다시 그것을 기름과 소스에 볶으니 칼로리 좀 나갈 수밖에. 그래도 맛있다. 차가운 칭다오 맥주가 술술 들어간다. 싸구려 이과두주에도 잘 어울린다. 달고 진득한 가지를 우물거리다보면, 가지무침 안 먹는 나를 노려보시던 엄마가 미워진다. 엄마, 좀 볶아주지 그랬어.

홍대 앞에서 식당을 하던 때가 있었다. 이 집에서 같이 일하던 아주머니가 조선족이었다. 고수무침, 두부튀김 같은 요리를 잘하셨다. 그 집에서 나는 이탈리아식 가지 요리를 만들어 팔았다. 껍질은 벗겨서 버렸는데, 어느 날 아주머니가 그것을 모아서 요리를 하는 게 아닌가. 멋진 요리를 만들어냈다. 기름에 달달 볶다가 된장을 풀어서 마저 볶았다. 직원용 반찬으로 나왔는데 기막힌 맛이었다. 아마도, 중국식과 조선식 요리가 섞인 방법 같았다. 아주머니가 떠나신 후 나중에 아무리 재현하려고 해도 맛이 안 났다. 아주머니를 초청해서 전수를 받아야겠다고 생각한 메뉴였다.

가지 요리가 맛있기로는 일본이 빠지지 않는다. 가지 소금절임 맛은 오묘하다. 가지 향은 살아 있는데 소금에 절였으니 비리지 않다. 하얀 쌀밥에 얹어 먹기에 좋다. 가지 덴가쿠도 꼭 먹어봐야 할 요리다. 덴가쿠란 오뎅의 원조다. 원래 오뎅은 국물 있는 어묵을 뜻하는 것이 아니다. 채소나 어묵 등에 된장을 발라 구운 요리를 뜻한다. 여러 채소가 된장구이에 쓰이는데, 가지 덴가쿠는 탁월하다. 두툼하고 속이 많은 걸로 골라서, 된장을 썩썩 발라서 오븐이나 살라만더▼에 구우면 기막히다. 달콤한 일본식 된장이 잘 어울린다.

최근에 요리사 친구 몇몇과 교토에 갔다. 나는 그곳이 박제된 관광도시 같아서 별로 마음에 들지 않았다. 음식값도 비쌌다. 한 집에서 먹은 가지구이만 꽤 인상적이었다. 유럽식의 둥근 가지, 즉 마루나스라고 부르는 종자다. 둥글둥글하게 생겼다. 이 가지의 허리를 뚝 잘라서 하얀 단면에 일본 된장 중에서도 시로미소라고 부르는 백된장을 바른다. 단맛이 강하고 부드러운 된장이다. 여기에 치즈를 좀 더해서 천천히 구워낸다. 뜨거운 가지의 속살이 김을 뿜고, 단맛이 폭발한다. 그저 달기만 하면 균형이

▼ 위에서 불이 나오는 서양식 조리기

안 맞는데 짭짤한 된장이 조화를 이룬다. 차갑지도 뜨겁지도 않게, 미지근한 청주에 기막힌 궁합이다.

오카자키라는 도시에서는 다른 가지 덴가쿠를 맛봤다. 이쪽 지방은 빨간 된장이 유명하다. 핫초미소라고 부른다. 빨갛다기보다는 진한 밤색에 가깝다. 색깔처럼 맛도 진하다. 이 된장을 가지에 발라서 굽는데, 맛있다. '핫초八丁'란 거리 단위로 870미터 정도 된다. 오카자키 시내에서 8정 떨어진 곳이라는 의미로 핫초라고 불렸다. 한마디로 별 의미 없는 지명이 이제는 핫초미소로 큰돈을 몰고 오는 이름이 되었다.

일본 전국에서 핫초미소는 알아준다. 값도 비싸다. 만드는 걸 보았더니, 한국 된장과는 좀 다르다. 거대한 나무통에 6톤의 된장을 담근다. 그 위에 얹어둔 돌이 예술이다. 원추형으로 3톤의 호박돌을 쌓는데 지진이 와도 무너지지 않는다고 한다. 그 돌을 쌓는 장인이 따로 있어서 최소 5년은 수련해야 비로소 돌을 얹을 자격을 갖는다. 된장을 만들기 위해 호박돌을 쌓는 연습을 하는 장인이라……. 쉬이 상상이 되지 않는다. 이건 된장의 수분을 고루 퍼지게 하는 효과가 있는 일종의 누름돌이다. 누군가 이걸 보고는 그럴싸한 해석을 내놓았다.

"된장이 옛날엔 돈이었잖아. 훔쳐가는 사람이 있었을 거라고. 아마도 그걸 막자고 3톤짜리 돌을 얹었을지도 몰라."

된장공장 공장장에게 물어봤지만, 씩 웃을 뿐이었다. 그 돌을 쌓는 사람의 마음은 뭘까. 그 속에는 뭐가 있을까.

오사카를 중심으로 하는 간사이 지방에서는 여름엔 살짝 절인 물가지를 먹는다. '미즈나스 아사쓰케'라고 부른다. 시장에서 사다 먹기도 하는데, 여름 술집엔 늘 이 안주가 있다. 소금간이 밴 그냥 가지절임이다. 간사이 사람들은 이 안주를 보면, 여름이 왔구나 하고 느낀다고 한다. 오사카의 선술집에 들렀더니 이걸 내준다. 차가운 생맥주와 아주 잘 맞는다.

가지 요리는 아시아가 잘하는데, 일본의 가지 튀김은 상당히 맛있다. 튀김 요리에 꼭 가지가 낀다. 가지를 얇게 포 뜨듯 한 후 다시 빗처럼 가늘고 길게 칼질을 한다. 그렇게 튀기면 기름에 닿는 면적이 최대한으로 넓어져서 바삭한 기운도 훨씬 늘어난다.

1인당 10만 원이 넘는 튀김전문집에서, 하얗게 옷을 차려입은 튀김 장인이 튀김솥을 손님 앞에 놓고 하나씩 다른 재료로 튀김을 한다. 튀김마다 물반죽의 농도가 달라진다. 마치 도 닦듯이 튀기고, 그걸 또 도 닦듯이 받아먹는 손님이, 그것도 돈 10만 원을 내고서 치르는 의식이 그다지 흔쾌하게 보이지는 않았다. 그래도 가지만은 인정해야 했다. 다른 게 아니라. 우린 가지 요리를 그다지 다양하게 해볼 생각을 안 하니까 말이지. 그러다가 이북 요리책을 본 적이 있다. 가지 요리가 꽤 다양하다. 우리 전통요리에도 좋은 가지 요리가 많다. 왜 그 멋진 가지 요리가 사라진 것일까.

　서양에서 가지는 원래 식용이 아니었다. 멕시코에서 건너온 토마토가 그랬듯이 관상용이었다. 보라색이 식욕을 돋울 리도 없었다. 지금처럼 개량되어 큰 가지도 아니었다고 한다. 고추 정도 크기의 가지가 열렸다. 먹을 수 있는데 금기나 두려움 때문에 아무도 안 먹으면 결국 먹어내는 집단이 있게 마련이다. 차별받는 집단이다. 일본에서 소의 내장을 먹기 시작한 건 재일조선인이었다. 호루몬(버리는 것)이라고 부르는 요리였다. 가지도 마찬가지였다. 분리된 게토에 사는 피차별 민족인 유대인이 먹었다. 아무도 안 먹으니 값이 없었다. 공짜로 얻어먹을 수 있었다.

　이탈리아는 일찍이 가지를 먹었던 땅이다. 아마도, 가지 요리가 세계에서 제일 다양한 나라일 것 같다. 물론 날로 먹는 샐러드는 없지만(가지는 누구도 날로 먹는 걸 좋아하지 않는 듯하다). 보통 한국에서 이탈리아식 가지구이를 할 때 모차렐라치즈를 올리지만, 오리지널 방식은 가루 치즈만 쓰는 것이다. 가지 자체의 맛이 좋으니까 그게 더 나은 요리법이다.

한국 가지는 확실히 오븐구이를 하기에는 맛이 떨어진다. 한국에서도 최근 에그플랜트라고 부를 만한 둥근 가지가 나온다. 그러나 크기가 작아서 효율이 낮다. 아아, 커다란 이탈리아 가지를 숭덩숭덩 썰어서 굽기만 해도 스테이크처럼 쫄깃하고 맛있는데! 아닌 게 아니라 베지테리언들의 스테이크 몫을 한다. 그저 소금과 맛있는 올리브유를 뿌리면 끝.

잇몸에 달라붙어
혀에서 녹는 맛

병어

새벽 수산시장에 가면 빛나는 두 스타가 있다. 하나는 갈치다. 제주 성산항이나 한림항 새벽 위판장에 가보면 알게 된다. 새벽인데도 위판장의 조도가 너무 눈부셔서 뻥 좀 보태서 선글라스를 꺼내 써야 하겠다는 생각이 든다. 얼굴을 대면 그대로 비칠 정도인데, 이마에 난 뾰루지 상태를 확인할 수 있을 정도다. 제다이의 검처럼 기다랗고 스스로 번쩍이는 칼이다. 갈치 낚시를 실제로 보면 마치 바다에서 막 벼린 칼을 건져올리는 것 같다.

다른 하나는 병어다. 갈치만큼은 아니지만, 병어도 수산시장의 촉수 높은 전등의 빛을 받아 반짝반짝하다. 두 어종의 얼굴은 아주 대조적이다. 갈치는 언제든지 사람을 물어뜯을 것처럼 험상궂지만, 병어는 유순한 강아지처럼 고분고분하게 보인다. 병어의 눈망울을 보면 도저히 회칼을 들이밀기 어렵다. 다행스러운 건 병어가 산 채로 유통되는 경우는 아주 드물다는 점이다. 병어는 잡혀서 얼음이 가득 든 나무상자에 고단한 몸을 눕히고 있다. 작고 반짝이는 병어는 마치 별을 따다가 진열한 것처럼 보인다. 상인들은 작은 병어에는 '세꼬시 감'이라고 써서 붙여놓거나, 입으로 호객을 한다. "이봐, 세꼬시 할 거면 다른 데갈 필요 없어. 막 경매 뗀 거야. 물에 다시 던지면 헤엄친다고."

'세꼬시'란 뼈 채로 썰어낸다는 뜻의 '세고시せごし, 背越し'에서 유래한 일본식 요리 용어인데, 그게 일본어인 줄 아는 요리사도 별로 없을 정도다. 한 친구에게 물어봤더니 "세밀하고 꼬소하게 써는 법"이라고 대답했다. 아닌 게 아니라, 그렇다. 세꼬시는 작은 생선을 따로 살점을 회 뜨지 않고 그대로 가늘게 썰어내며, 뼈를 그대로 썰기 때문에 고소한 맛이 도드라진다.

노량진수산시장은 가게별로 주 전공이 있다. 대구를 잘 다루는 '은하네'가 있고, 문어라면 '진성수산'이요, 고등어라면 눌러만 봐도 뭘 주로 먹고 살았는지 아는 '진성집'이 있으며, 병어 한

평생의 '품길상회'도 있다. 품길상회는 처음에 '품질상회'인 줄 알았다. 그 오독은 실제로 다르지 않았는데, 특히 병어의 품질이 좋았다. 더구나 크고 아름다운 대형 병어 전문이다. 이 집을 지나갈 때면, 저 주인 내외분은 참 부자겠구나 하고 엉뚱한 생각을 했다. 그 비싼 병어를 산처럼 쌓아놓고 팔고 있기 때문이다. 특히 이들은 '덕자병어'도 다룬다. 마치 커다란 맥북 프로처럼 묵직하고 넓은 병어다.

덕자병어는 두툼하고 넓적하다. 그래서 그걸 정리하는 걸 보면, 그들이 도서관 사서처럼 보일 때도 있다. 마치 책을 서가에 꽂듯이 세워서 차곡차곡 나무상자에 담는다. 크기에 따라 여러 마리의 덕자가 들어가는데, 비쌀 때는 상자 하나 값이 10년 몬 중고소형차값이다. 진짜다. 덕자 한 마리에 5만 원에서 시세에 따라 8~9만 원도 하는데 그게 열 마리 이상 들어간 상자라면 총액이 얼마겠는가. 그래서 품길상회 앞을 지나갈 때마다 노량진 마을금고가 따로 없네, 그런 생각도 드는 것이었다.

작은 병어는 조려서 애들 반찬을 하거나 세꼬시로 썰어서 술 안주로 소주를 넘기는 데 좋지만, 덕자는 나름 다루는 솜씨가 있어야 한다. 내 책 『노포의 장사법』에도 등장하는 여수 '41번 포차'에 가면 덕자를 얻어먹는다. 마치 참치처럼 부위별 해체를 한다. 꼬리의 쫄깃한 살점, 등지느러미가 붙은 쪽의 담백한 살점을 내고, 뱃살은 기름지게 해서 회로 또 낸다. 이 뱃살을 한번 얻어먹으면 여간해서 다른 회를 못 먹는다. 살살 녹는다는 표현이 딱 맞는다. 하얗고 부드러우며 '꼬순' 뱃살이 입에서 녹아난다. 사람 입안의 온도 36.5도에서도 기름이 녹는 것 같다. 융점 낮은 기름인 것 같다. 우물우물 입에서 한번 굴리면 녹아버린다. 소설가 한창훈 선생이 '구름 같다'고 표현한 그 맛이 아닐까 싶다. 병어는 영어로 '버터피시butterfish'다. 버터처럼 살점이 연하고 부드럽다는 뜻이렷다. 그렇다. 익히지 않아도 덕자의 뱃살은 녹는다. 그리하여, 내 몸과 마음도 녹아버린다.

41번 포차의 주인, 덕자의 신⊞ 박덕자 여사는 남은 서덜▼로 조림을 한다. 병어 제철이 햇감자 나올 때다. 큰 햇감자를 듬성듬성 깔고 양파며 마늘 다진 것과 향 좋은 고춧가루에 간장 뿌려서 조림을 한다. 횟점을 우물거리고 있으면, 묘하게 식욕이 당기고 탄수화물이 끌리는데 그 시간에 어김없이 박덕자 여사의 별미 병어조림이 나온다. 밥을 썩썩 비벼서 먹어도 좋고, 병어조림만 먹다가 나중에 기막힌 김치를 곁들여 밥 한술 떠도 좋다.

▼ 생선의 살을 발라내고 난 뒤의 뼈, 대가리, 껍질 따위를 통틀어 이르는 말.

시절에 따라 생선처럼 가치가 크게 변하는 것도 드물다. 한때 너무 많이 잡혀서 삽으로 퍼 담아서 사료로 썼던 정어리가 이젠 시장에 나오기만 하면 값도 묻지 않고 사 가는 물건이 되었으며, 무한리필을 해주던 고등어가 금등어가 되었다. 비싸니 금金이어서, 아무나 못 먹으니 금禁이어서.

병어도 마찬가지다. 한때 병어는 가난한 자들의 술안주였다. 인천 사람들은 흔히 병어를 먹고 자랐다. 동인천에 삼치골목이 생겨서 값싼 삼치구이에 막걸리로 배를 채우던 청춘이 있었다. 노동자들은 밴댕이골목에 가서 밴댕이와 병어로 주린 배를 채우고 술로 해갈했다. 그때 병어는 싸고 넘쳤다. 병어는 거의 사철 나오는 생선이었고, 맛도 좋았다. 값이 싸고, 내장은 적고, 대가리도 작아서 살점이 넓은, 도대체 악덕이라고는 없는 멋쟁이였다. 차이나타운 앞, 언덕길이 시작되는 곳에 바로 밴댕이골목이 있었고, 지금도 건재하다.

옛날 갓 고등학교를 졸업하던 무렵, 우리들은 인천에 갔다. 서울내기들에게 인천은 제법 먼 곳이었고 여행의 맛이 있었다. 인천행 전철을 타고 동인천에 내려서 연안부두행 버스를 갈아타고 들어갔다. 회센터가 그때도 있어서 호객을 했다. 돈을 탈탈 털어봐야 5천 원이나 있었을까. 그 돈으로 먹을 수 있는 회는 병어밖에 없었다. 아주머니가 한 접시 가득 병어를 썰어냈다. 회를 그때 배웠고, 병어회 맛은 혀에 문신처럼 남아서 잊히지 않는다. 바닷물 냄새, 병어의 친절하고 부드러운 살점, 어금니를 건드리던 병어 등뼈의 촉감, 그리고 회센터 안으로 불어들던 인천 짠바람이 볼에 달라붙던 시간들이 있었다. 다시 돌아가지 못할, 다시 먹을 수 없는 병어의 맛.

여수에 가봤다. 초여름. 병어 제철이다. 정치망 병어를 보러 갔다. 아침 9시 반. 물때 세 물. 청해수산의 정치망 어선이 힘차게 기관에 시동을 걸었다. 천천히 여수 돌산 앞바다인 가막만 바다로 미끄러져 들어갔다. 다도해해상국립공원 쪽으로 30여 분. 엔진에 부하가 걸릴 만큼 묵직한 속도감이 느껴진다. 정치망이란 주로 연안에 그물을 설치하고, 고기가 들어오는 어도魚道를 만들어 유인, 가두어서 어획하는 설비다.

"길 잘못 든 밍크고래가 걸린 적도 있고, 돗돔이나 상아리, 참치 같은 큰 고기도 걸리지요. 보통은 철 맞은 고기가 들어옵니다. 고기가 줄긴 줄었는데, 어떻게 해서든 오긴 옵니다."

어린 선장이 아버지 대신 배를 본다. 작은 과도처럼 가늘고 반짝이는 고기가 먼저 보인다. 어린 멸치다. 갈치 새끼인 '풀치'도 보인다. 손가락만한 고등어 새끼도 한가득이다. 산란해서 갓 자라나고 있는 녀석들이다. 정치망에는 이처럼 원하지 않은 고기가 들어오게 마련이다.

"병어랑 삼치 같은 게 많이 들면 좋죠. 시세가 좋으니까."

여수 항구에서 제일 잘나가는 게 병어다. 그러나 역시 어획량이 적어 값이 세다.

병어를 부르는 이름은 아주 많다. 병치, 병어, 덕자, 덕대, 입병어, 독병어, 돗병어, 병치메가리. 크게 자란 병어를 덕자라고 부르는데, 이는 지역 사투리다. 덕대는 종이 다른 것으로, 제철 시기와 맛은 병어와 비슷하지만 미세한 차이가 있다. 분명 덕자와 덕대는 다른 종인데, 큰 건 종 불문하고 덕자(덕대), 어지간하고 작은 건 병어라고 부르는 게 일반적이다.

잡아온 고기를 부리는 중앙선어시장으로 향한다. 덕대와 병어가 나란히 누워서 주인을 기다린다. 즉석 경매가 이뤄진다. 오늘의 시세는 2단으로 쌓이는 크기의 병어 한 상자에 45만 원, 3단으로 쌓이는 더 작은 병어는 33만 원에 거래된다. 1단으로만 쌓일 만큼 큰 병어는 훨씬 비싸다. 병어는 씨알로 말한다.

여수 시내에 병어 잘 다루는 양반이 있다고 해서 찾아갔다. 커다란 병어를 썬다. 그가 먼저 내민 건 콧등살. 정확히 말하면 이마에 해당하는 부위다. 뼈가 고소하게 씹히고 살도 차지다.

"유리창에다 던져붙면 찰싹 붙는다니께, 찰기가 좋아서."

그는 자신만만하다. 아주 차진 놈으로 한 부위를 썰어볼 참이다. 번쩍이는 회칼이 지나가자 갈빗살이라고 부르는 기름 가득한 살점이 우수수 도마에 떨어진다. 한 점 입에 넣었다. 솜사탕처럼 녹는다. 초장 같은 걸 뿌리는 건 결례일 것 같다. 천천히 지방이 녹으면서 살점이 잇몸에 달라붙는다. 유리창도 아닌데. 그러고선 혀에서 녹는다. 완전히 녹아버린다.

낚싯바늘이
들려줄 소식을
기다리며

붕장어

낚시에 미친 친구가 하나 있다. 이 녀석이 지금의 아내를 유혹한 것도 1박 2일 밤낚시에서였다. 상상은 하지 마시고, 일단 들어보라. 녀석이 아내 될 분을 모시고 어느 방파제로 밤낚시를 갔다. 조용하지, 파도를 찰싹찰싹 때리지, 모기는 달려들지(아, 이건 아니고) 하여튼 분위기는 잡혔다. 깊은 밤, 고기가 잘 물었는지는 모르겠다. 녀석이 간이 텐트 안으로 그녀를 모셨다. 텐트 안이 얼마나 캄캄했겠는가. 그때, 녀석이 야광찌를 꺼냈다. 탁 부러뜨리면 아주 형형한 형광색을 내뿜는! 그 빛을 보고 그녀가 그랬다. 어머, 예뻐라. 그래서 둘은 결혼해서 잘 살고 있다. 다른 친구가 그 얘기를 듣고 자기도 따라 하기로 마음먹었다. 낚시 가게에 갔다.

"저, 아저씨. 형광색 도는 거 있잖아요. 야광으로요. 낚시할 때 쓰는 거요."

그 친구가 그것을 받아서 깊은 밤, 캄캄한 차에 앉았다(낚시는 할 줄 몰라서 고른 대안이었다). 그러고는 그것을 꺼내서 탁 꺾으려고 했는데 도저히 꺾이지 않는 거였다. 아무리 용을 써도 안 되었다. 여인이 말했다.

"뭐하는 거예요?"

녀석이 산 건 꺾으면 빛을 발하는 야광찌가 아니라, 형광색이 도는 물고기 모양의 가짜 미끼였다. 그러니 꺾일 리가 있나. 낚시를 전혀 모르는 분들에게는 참 재미없는 얘기겠다.

나는 낚시를 해본 적이 거의 없다. 간혹 경험은 있는데, 이상하게 내 미끼는 고기들이 알아챈다. (너 바보.) 다른 이유도 있다. 선배 따라 남해 어디에 가는데, 이상하게 우리 낚싯배만 고기가 안 잡혔다. 인접한 다른 배는 연신 고기를 낚아올렸다. 낚시가 신사도인 줄 알았는데 천만의 말씀. 그 배의 어느 꾼 하나가 우리 배를 보고 약을 올리는 게 아닌가.

"하하, 각시고기 잡았다. 너무 예쁘다. 하하하."

저런 새끼들이 낚시터에 가면, 고기 유인하려고 '원자폭탄(고기를 응집하는 떡밥 미끼)'을 바가지로 바다에 퍼붓는다. 그거 다 썩어서 바다를 오염시킬 텐데. 그리고 라면봉지와 소주병(병은 꼭 깬다)을 바위틈에 아무렇게나 버리는 새끼들이다. 하여튼 이런 더러운 경험이 낚시를 멀리하게 만든다.

낚시는 그야말로 머리를 써야 하고, 경험이 풍부해야 좋은 조과釣果를 올리는 스포츠다. 물때, 바람, 비, 계절, 물속 지형구조, 고기의 습성을 다 고려해야 하고 이른바 포인트도 있다. 그러면서도 물속이 보이지 않으므로 막막한 스포츠이기도 하다. 어군탐지기 달린 배로 다니는 배낚시도 헤매기 마련인데, 갯바위나 방파제는 저 물속 사정을 통 알기 어렵다. 그래서 아마추어들은 공치는 일도 흔하다.

한번은 태안의 한 섬에 갔다. 여름밤, 붕장어가 잘 물린다는 얘기를 들어서다. 다른 고기와 달리 붕장어는 머리가 나빠(?) 잘 문다는 것이었다. 망둥이 낚시 버금가게 쉽다는 친구의 꼬임이 있었다. 양념을 한 병이나 준비하고(구워먹어야지), 긴긴밤 배고프니까 라면도 좀 샀다. 물론 전 국민의 야외식 삼겹살도 어느 정도 준비했다. 낚시 안 하는 분들은 이해하기 어려울 것이다.

아니, 낚시 가서 해산물 잡아서 먹으면 되지 웬 라면에 삼겹살이람.

근데 그게 아니다. 첫째, 앞서도 말했듯이 조과를 예상할 수 없다. 바다는 속을 보여주지 않으니까. 세상의 신문에는 두 가지 뻥이 있다. 주식 예상평이랑 낚시 조과 예상평이다. 보통 이런 글이다. '남해 갯바위 출조는 오름감성돔이 씨알 굵고 마릿수도 좋을 듯. 태안 신진도 밤낚시는 붕장어 마릿수를 기대해볼 수 있겠다.' 그런데 요새도 신문에 낚시 조과 예상평이 실리던가?

섬에 도착하니 친구가 밥부터 먹자고 한다. 야, 잡아서 먹어야지. 아냐 아냐, 여기 끝내주는 집이 있어. 휴대폰을 든다.

"주차장으로요? 예, 예."

그러고는 방파제 옆 주차장에 가서 큰 봉지를 하나 받아왔다. 짜장면 곱빼기가 두 그릇 들었다. 한국 아웃도어 스포츠에선 안 되는 게 없다. 짜장면 배달도 되고, 심산유곡 텐트 안에서 전기장판 깔고 잘 수도 있다. 어느 유명한 캠핑지에는 치킨 배달도 되더라. 그러니 낚시터 짜장면 정도야 뭐.

밤이 깊어지고 물때가 왔다고 생각했지만 실은 물때는 전혀 알 수 없다. 녀석도 몰랐다. 밀물 썰물이 파도 때문에 생긴다고 알고 있는 녀석이니까(지구과학 시간에 녀석은 늘 잤다). 그냥 밤이니까, 캄캄하면 멍청한 붕장어가 물릴 것이고, 우리는 양념을 발라 구울 생각부터 했다. 녀석이 그랬다.

"야, 요리사가 아나고 하나 포 떠서 못 구우면 안 되겠지? 내가 아주 씨알 굵은 놈으로, 보아뱀처럼 굵은 놈을 잡아줄 테니까 구울 준비나 하셔."

아나고란 붕장어의 통용어, 아니 일본어가 되겠다. 내가 자랄 때는 다 아나고라고 했다. 그때는 시보리, 오봉, 간스메가 표준어인 줄 알았으니까. 아나고穴子, 즉 구멍에 파고드는 습성이 일본식 이름이 되었다. 뱀장어든 붕장어든 진흙탕 같은 곳에 파고드는 걸 좋아하는 습성이 있다.

한 시간, 두 시간……. 갯지렁이를 꿰어 던진 낚시에 붕장어는 잡히지 않았다. 간혹 뭔가 건드려서 급히 채보면 미끼만 달랑 따먹어버렸다. 누굴까, 붕장어일까. 우리는 적개심에 휩싸여 기어이 붕장어를 잡고야 말겠다는 의지를 불태웠다. 시간이 흘렀다. 배가 고팠다. 녀석이 휴대용 가스레인지를 켜고 팬을 올렸다. 그러고는 삼겹살을 척척 올려 구웠다.

"야, 삼겹살 상하기 전에 먹어치우자."

아이스박스에 넣어뒀는데 상하긴 뭘 상해, 인마. 녀석은 그때 이미 뭔가 조짐을 느꼈던 것 같다. 그야말로 '공을 칠' 것 같다는 불길한 예감. 나는 붕장어 양념구이가 들어갈 위의 용적을 계산하며 삼겹살을 천천히 먹었는데, 녀석이 와구와구 먹는 것을 보고 진작 알아챘어야 하는데. 그렇다. 우리는 밤새 붕장어 구경도 못했다. 큰소리 뻥뻥 친 녀석은 입을 다물고 있었다. 녀석을 미끼 대신 매달아 던져버리려고 했다. 내 낚싯대의 한계 하중이 10킬로그램도 되지 못해서 그렇게 하지 못했다.

"야, 이렇게 됐으면 스킨스쿠버를 해서라도 물속에 들어가. 붕장어 만나서 하소연이라도 해봐. 아니, 어디 꼼장어라도 구해보든가."

우리는 어쨌든 몇 가지 깨달음은 얻었다. 친구를 바다에 던지려면 튼튼한 낚싯대가 필요하다. 또, 알리바이 조작도 필요하다. (절대 낚시 떠나기 전에 친구와 카톡 같은 걸 나누지 말아야 한다. 증거가 남으니까.) 바다 모기는 훨씬 독해서 신발도 뚫는다. (복숭아뼈까지도 엄청 물렸다. 진짜다.) 역시 짜장면을 미리 먹어두는 게 좋다. 비상식량으로 삼겹살을 준비하되, 친구보다 더 많이 먹어야 덜 억울하다, 등등이다.

일본에서는 붕장어를 회로는 잘 먹지 않는다. 찌거나 굽는다. 어린 붕장어 한 마리를 통째로 쪄서 올려내는 초밥도 유명하다. 한국에서는 주로 회로 즐긴다. 한때, 1980년대 서울에는 횟집이 드물었다. 간혹 있으면 대개 붕장어를 팔았다. 붕장어는 생명력이 뛰어나서 당시 운송기술로도 서울까지 살려서 가져올 수 있었다. 수조가 있는 횟집도 그때 처음 보았다. 주문하면 요리사가 붕장어를 그물로 꺼낸다. 그러고는 대가리를 쥐고 도마에 척 올린 후 고정된 못에 푹 끼웠다. 못으로 고정하는 건 미끄러운 장어류 탈피에 가장 쉬운 방법일 거다. 일본에서 장어나 붕장어를 다루는 기법이다. 산 채로 붕장어의 껍질을 벗겨낸다. 그 살점을 썰어서 짤순이에 넣어 돌린다. 붕장어 피에 독소가 좀 있고, 여름 붕장어는 기름기가 많아서 회로 먹기에 느끼하기 때문이다. 요새는 전용 탈수기를 쓰는데, 예전에는 진짜 '짤순이'를 썼다. (상표도 그대로 붙어 있다.) 탈탈탈, 짤순이가 일을 마치면 마치 잘 지은 밥을 수북이 푼 모양으로 접시에 담은 뒤 초장과 상추를 곁들여 냈다. 소주 서너 병에 붕장어 1킬로그램을 먹으면 한 3~4천 원 냈던 것 같다. 1980년대 중반의 기억이다.

부산의 동쪽에는 기장이 있다. 미역과 멸치로 유명하다. 이 동네의 명물로 숯불로 굽는 붕장어가 있다. 비닐하우스 안에서 대충 자리 펴놓고 붕장어를 구워낸다. 포 떠서 구운 후 양념장에 찍어먹는다. 아주 싸다. 단, 연기가 대단하다. 비닐하우스 안에서 화생방 훈련을 하는 것 같다.

붕장어는 서해에서 남해안까지 두루 잡힌다. 요즘은 통발을 많이 쓰는 듯하다. 남해에 가면 붕장어잡이 통발어선이 많이 정박해 있다. 수요에 비해 어황이 나빠져서 수입산도 있다. 남해에서는 회보다는 구이와 탕으로 많이 먹는다. 내장과 뼈도 넣고 푹 고은 탕인데, 된장과 고춧가루를 풀어 그윽하게 낸다. 옛날에 여수에 가면 '칠공주집'에 가서 아침 해장을 했다. 요새는 관광버스를 대놓고 먹는 집으로 유명해졌다. 다른 식당도 있다. '산골식당'이다. 이것저것 맛있는 찬도 깔아주고, 아침 8시 반이면 문을 여니까 해장으로 좋다. 붕장어 전문집이다. 한번 가보시길.

탕 하면 충남 태안 일대에서 파는 전골도 좋다. 양념 넣고 끓이는데, 여름 햇감자를 넣는 것도 일품이다. 앞서 내가 친구와 가서 허탕 친 신진도가 바로 태안의 섬이다. 붕장어를 못 잡으면 붕장어전골을 먹으면 될 것을!

붕장어는 옛사람들에게는 그다지 관심 있는 어종이 아니었나 보다. 『자산어보』에도 가볍게 언급된다. 아닌 게 아니라 1980년대까지만 해도 그냥 싼 생선이었다. 너무 많이 먹었다, 붕장어. 이제는 비싸다. 가격은 대개 수요와 공급에 따라 영향을 받게 마련이니까.

붕장어는 수컷보다 암컷이 훨씬 크다. 대물을 보았다면 암컷이다. 많은 바닷생물이 그렇지만 수컷보다 암컷이 훨씬 많다. 종을 보존하려는 눈물겨운 비율이다. 남쪽 바다에 가서 말린 붕장어를 보았다면 몇 마리 사 오시라. 지져 먹어도 좋고, 구워도 맛있다. 붕장어는 정말 맛있다.

녹진하고
걸찍한
여름 보양음식

민어

장안의 미식가들이 여름에 민어 타령을 하게 된 것은 십몇 년 안짝의 일이다. 아는 사람들만 먹는, 여름 복달임이라고 해봐야 개장국이나 삼계탕을 먹자고 줄을 서는 정도가 고작이었던 것이 1990년대까지의 문화였다. 어쩌다가 민어가 철이 오면 누구나 먹는 복달임 음식이 되었는지는 모를 일이다. 그래서 눈치껏 민어를 먹던 치들은 은근히 그 후발 주자들에게 눈치를 주고 있는데, 그건 자기들만의 은근한 취향에 개나 걸이나 접을 붙여댄다고 투덜거리는 셈이다.

이런 건 다른 종목(?)에서도 흔하다. 홍어나 주꾸미, 전어에

새조개 같은 것들도 마찬가지다. 대부분 미디어의 오두방정에 춤을 추는 것이기도 하고, 먹은 걸 아날로그적으로 소화하는 것을 넘어서 기어이 스마트폰에 올려서 디지털화하려는 욕망을 가진 이들 턱이기도 하다.

어쨌든 그 덕에 민어값은 천정부지다. 초복, 중복날에는 참고래 혀밑살 가격처럼 민어값이 뛰어버린다. 새벽에 노량진수산시장에 가면 경매 붙인 민어가 아주 장마당을 싹 덮어버리는데, 그날 맞춰서 어떻게든 저 지방에서 민어를 잡아대 올리는 까닭이다. 물에 지워지지 말라고 색연필로 무게를 적은 종이쪽을 달고 상자에 누워 있는 민어를 보면, 아 올해 복날도 이렇게 난리를 치며 가는구나 하고 실감을 하게 된다. 민어가 뭐라고, 하는 탄식도 곁들인다. 아닌 게 아니라 나는 도무지 민어 맛이 그 돈을 주고 먹을 만한 것인지 가늠이 안 되기 때문이다. 몇 년 전에는 1킬로그램에 3만 원 하면 입을 떡 벌렸는데, 요즘은 좀 큰놈들은 킬로그램당 7, 8만 원도 불러대는 게 흔한 일이 되어버렸다. 수요가 몰리니 가격이 오르는 것이다. 한동안 일본 사람들이 사 가던 민어였으니, 뭐가 있긴 있는 모양인데 여전히 나는 고개나 갸우뚱거릴 뿐이다.

목포 구시가에 가면 민어 거리가 아주 생겨버렸다. 원래 '영란 횟집'이라는 작은 어물요릿집이 장사를 잘하고 있었다. 서울의 호사가들도 이런저런 인연으로 드나들고, 또 지역에서 여름 손님을 칠 때 마침 홍어도 없는 철이니 민어를 대접하면서 유명해진 집이다. 그러면서 1990년대에 민어가 전국구 음식이 되었다. 여름에 안 먹으면 난리가 날 미식가들의 음식으로 변하면서 이 지역에 오는 수요가 늘어버렸다. 그 옆에 이런저런 집들이 다수 생기고, 목포시에서도 나쁜 일이 아니니 '민어의 거리' 하고 떡하니 이름도 붙여주었다.

이 동네를 취재한 지역신문의 기사에 보면, 흥미로운 대목이 있다. 민어를 먹는다 하면, 전이고 회고 탕이고 그런 쪽은 대중들이나 열광하는 것이고 미식가다운 비장의 부위를 내세워야 하는 법이다. 홍어도 애니 지라니 하는 걸 먹어야 단골대접 받는 것이고, 미식가가 되는 것과 같은 이치다.

민어에서는 그것이 껍질과 부레다. 그런데 그 지역신문 기사는, 원래 그렇게 먹던 관습이 있지 않았으며 1970년대쯤 자주 오던 재일동포의 조언이었다고 쓰고 있다. 원래 민어처럼 큰 생선은 먹을 수 있는 부위가 세부적으로 많게 마련이다. 더구나 우리는 옛날부터 생선 껍질 요리를 꽤 먹는 걸로 알려져 있다. 이를테면, 대구 껍질로 쌈을 하거나 만두를 만드는 것이 고^古 조리서에 나온다. 그런데 부레는 국궁을 만드는 아교의 재료다 하는 것이 고작이고 요리로 널리 먹었던 것 같지는 않다. 민어 부레를 먹자면, 다른 생선의 부레는 왜 먹지 않는가.

하여튼 배를 갈라보면 민어처럼 큰 고기는 마치 막대풍선 불어놓은 것 같은 부레가 보인다. 데쳐서 먹어보면, 이것이 껌 씹는 것과 크게 다르지 않고 참기름소금장 맛말고 기름기가 배어 나온다는 것 정도가 맛이라고 할 텐데, 딱히 무슨 맛인지 나도 모르겠는 것이다. 여러분은 부레가 그리 맛있던지 묻고 싶다. 나 같으면 살점과 일대일로 바꾸어 먹고 말 일이라고 생각한다.

여름에 기어이 민어를 먹겠소, 하는 분들에게는 민주주의 시대에 그리하시라고 권할 일이다. 민어는 뭐니 뭐니 해도 찌개가 제일이라고 생각한다. 국물이 깊고 구수하기가 다른 생선이 못 따라온다. 국그릇 위로 기름기가 쫙 올라오는데, 이게 혀에 소족탕 국물처럼 살갑다. 진득하고 달다. 그래서 여름 복달임을 민어로 한다는 얘기가 퍼졌을 것 같다. 보양음식이란 아무래도 진하고 걸쭉한 느낌이 있어야 하니까.

적은 돈으로 그 매운탕을 유사 체험(?)하는 법이 있다. 우럭이다. 민어와 흡사한 맛을 가진 멋진 생선이다. 우럭은 비교적 싸다. 자연산도 그다지 비싸지 않다. 민어와 우럭의 가격 차이를 생각하면 우럭찌개가 몇 배의 우위를 가진다고 생각한다. 이른 바 가성비. 민어가 비싸서 서러운 분들, 그냥 우럭을 사서 회 뜨고 찌개 끓여드시라. 그 맛은 보증한다.

참, 산지인 목포 같은 데 가서 민어집에 가시면 온갖 민어 요리, 즉 회에 전에 껍질에 부레를 드실 텐데 한 가지 빠뜨리지 말아야 할 것이 있다. 아가미뼈무침이다. 아가미와 그 옆의 '짠득 짠득'한 살을 곱게 다진 후 맵게 양념해서 내는데, 이게 아주 별미다. 소주가 술술 들어간다.

어렸을 때 서울의 골목길은 온갖 물건을 대는 행상들로 넘쳤다. 다이알비누와 레브론샴푸, 땅콩버터를 파는 미제장수, 달걀과 기름장수도 있었다. 식용유라고 부르는 미국산 콩기름이 성행하기 전이라 가게에서 사는 게 아니라 기름은 주로 집집마다 방문하는 행상의 몫이 꽤 됐다. 그중에서도 낙화생落花生이라는 땅콩기름이 특이해서 기억이 난다. 특유의 콧소리를 내는 마포 새우젓 장수, 굴비와 겨울 양미리 장수도 있었다. 여름에는 생선장수가 드물었는데, 당연히 기온 때문이었다. 냉동한 생선도 동네를 돌다보면 녹아버려서 색깔이 탁해지기 일쑤였다. 요즘도 덥다고 하는데 1970년대의 더위는 더했던 것 같다. 아마도 냉방을 하지 못했으니까 더 덥게 여겼던 것 같다.

그 더위에 멀리서 민어 장수가 오면, 애들은 코를 싸맸다. 지게에 커다란 민어를 몇 마리 지고 오는데, 생선 고유의 냄새가 고릿고릿하게 났다. 눈알이 새빨갛고, 커다란 덩치의 민어 또한 무서웠다. 우리가 그 민어 장수를 빨간 알사탕에 빗대어 '눈깔사탕아저씨'라고 부르는 건 그런 까닭이었다. 나중에 학교에서 간첩신고 포스터를 그리라면, 늘 그 아저씨가 생각났다. 전날 마신 술의 여독인지 그 아저씨도 눈이 새빨갰는데, 그것이야말로 간첩을 묘사할 때 제일 중요한 포인트였기 때문이었다. 어쩌면 그건 민어의 눈깔 색깔이었을 것이다. 나중에 요리사가 되어 여름 새벽 노량진수산시장에서 다시 민어 눈깔을 보게 되었다. 별로 반가운 일이 아니었다. 주사 든 술꾼 같은, 만화『미생』의 오차장의 눈동자 색깔 같은 민어를 보았다. 서울 골목의 더위, 남루한 사람들이 생각났다.

지게에 진 민어는 아마도 배달이었을 것이다. 그때 생선 행상은 이미 바퀴 달린 '구루마' 리어카를 쓰고 있었으니까. 나중에 박완서 선생의 글에서 민어달임을 하는 서울 부잣집의 풍습을 읽게 되었다. 북촌이며 서촌이며 하는 동네에서는 여름 복달임으로 민어를 먹었던 것이다. 마당에서 화로에 숯불 피워 저냐(전)도 부치고, 매운탕도 끓였을 것이다. 개장국은 저 밑에 청계

천 옆 동네의 풍습이라고 은근히 아래로 보았다. 아마도 여기서 민어를 얘기할 때 언론에서 늘 '민어가 일품, 도미가 이품, 개장국이 삼품'이라고 하는 논설이 나왔을 것이다. 아닌 게 아니라 여름은 참 개들의 수난시대였다. 몽둥이로 패고, 개를 훔치고, 남의 집 개와 바꾸고, 뭐 그렇게들 먹었다. 정말 보신이니 궁벽한 위에 기름칠을 한다는 것보다는 아마도 남성 중심의 어떤 도살애호풍의 우월주의적 놀이가 아니었나 싶다. 뭘 잡아서 배를 가르고 피를 보는 버릇은 선사시대부터 수컷들이 좋아하던 일이 아니었을까 싶은 것이다.

올여름에 민어 한 점 못 먹었다고, 또는 내 평생 민어 구경을 못했다고 서러워할 일도 아니다. 그저 조용히 마트에 가서 우럭회 접시를 집어들고, 서덜이 든 팩을 사 오셔도 좋다. 그걸로도 충분하다. 기어이 드시겠다면, 말복을 넘기면 된다. 민어는 심지어 겨울에도 나온다. 광어나 우럭값에 살 수 있다. 맛이 크게 다르다는 느낌은 없었다. 내가 혀가 없는 사람도 아니고 말이지.

촉촉하고
부드러운
양념의 맛

뱀장어

　　　　"야! 뱀장어다 뱀장어!" 언젠가 강원도 간현에 물놀이를 갔다. 나는 다른 친구와 함께 차일을 쳐놓고 라면을 끓이고 있었다. (맞다. 요리사들은 원래 라면을 즐겨 먹는다.) 친구는 반두로 피라미 같은 고기를 뜨고 있었는데, 장어가 걸렸다고 신이 났다. 몸부림치는 장어(!)의 목을 움켜쥐고 돌아서는 녀석은 개선장군 같았다. 녀석이 피라미 대신 잡은 장어를 들고 차일로 왔다. 마침 라면을 젓고 있던 다른 친구가 그걸 보더니 시큰둥하게 한마디했다.

　　"이거 물뱀이구먼. 물뱀."

하긴, 강원도 내륙의 개천에 무슨 장어가 나타나겠는가. 어디 중국산 장어나 구워주는 집의 수족관이 터진 것도 아니고서야. 한강에 연어 나타나는 소리다. 하기야, 어느 포장마차에 갔더니 주인이 연탄불에 곰장어를 구우면서 내게 말했다.

"이거, 남자한테 아주 죽여줘. 풍천 곰장어야."

풍천이 부산 앞바다 쪽에도 있다는 걸 그때 알았다.

비슷하게 생긴 게 많아서 그렇다. 흔히 뱀장어니 민물장어니 하는 것이 같은 것이고, 곰장어는 박정희 수출드라이브 시절에 지갑 만들어 수출한다고 남도 앞바다에서 싹 쓸어버린 바로 그 것이다. 옷은 몽땅 벗어서 가죽으로 내주고, 벌건 몸통만 고추장 양념을 묻히고 연탄불 위에 최후를 마쳤던 어종이다. 이건 사실 어류도 아니고 뱀장어나 다른 장어류와는 다른 하등동물이다. 요새는 우리 바다에서는 지갑 제조에 모두 희생당해 씨가 말라 뉴질랜드와 미국 같은 데서 수입을 해온다. 더이상 껍데기가 인기 없는지 산 채로 수족관에서 최후를 기다린다. 이걸 먹는 방법이 좀 그렇다. 불판 위에 그대로 올려 구워버린다. 하긴, 어느 텔레비전 '먹방'을 보니 해물탕에 산낙지를 넣는 장면에서 박수를 쳐대는 출연자도 있지 않았나. 자막에 '산낙지, 산 채로 투하!' 뭐 이런 저렴한 문장을 새겨넣으면서. 인간이 처먹는 거야

본디 대상에 고하가 없지만, 그걸 남에게 보여줄 때는 예의가 있는 법이다.

이밖에도 남도에선 '짱어'라고 부르는 붕장어도 있다. 주낙이나 통발로 잡아서 구워먹고 끓여먹고 말려먹고 회로도 먹는 '아나고'가 그것이다. 여름의 귀물 갯장어도 있다. 여기서 '갯'은 개펄을 의미하는 게 아니라, 대가리가 개를 닮아서 그렇다고 한다. 물리면 대형사고를 내는 번쩍이는 '개 이빨'을 가진 고기다. 여름에 일본에 가면, 이 고기가 술집의 명물이다. 하모라고 한다. (한국에서도 갯장어보다 하모라는 이름이 더 흔히 쓰인다.) 잘게 뼈를 잘라줘야 먹을 수 있기 때문에 기술이 좋아야 한다. 아예 기계로 잔뼈를 죽이는 기술도 개발됐다. 하기야 가자미 같은 세꼬시를 횟집에서 작업하는 걸 보면, 거개 기계로 벗기고 썬다. 필요는 기계를 낳는다!

Y형과 도쿄역 건너편의 마루노우치의 한 지하상가에 간 적이 있다. 오직 장어덮밥을 먹기 위해서다. 일본은 장마 무렵이면 복날 장어 얘기로 시중이나 매체가 들썩인다. 한국으로 치면 복달임에 대한 욕망이다. 특히 도쿄가 그렇다. 복날 장어를 먹지 않으면 큰일날 것 같은 분위기다. 전통적으로 도쿄에서 복날에 장어를 먹은 건 아니었다고 한다. 히라가 겐나이라는 유명한 에도

시대 난학자[▼]로 존경을 받았던 인물이 있다. 어느 날 단골가게에서 장어가 남아 걱정하자 그가 '복날에는 장어'라는 말을 퍼뜨려 소비를 촉진시켰다는 설이 있다.

어쨌든 인기 있다는 장어 도시락을 시켰다. 촉촉하고 부드러운 장어에 양념이 잘 배어 있어서 입에 넣으니 살살 녹는다. 같은 장어라도 오사카와 교토가 대표하는 간사이와 도쿄의 간토 지방은 다르게 요리한다. 간사이는 양념을 발라가며 그대로 장어를 구워서 쫄깃한 맛이 남아 있다. 반면 도쿄는 일단 장어를 찐 후 굽기 때문에 부드러운 맛을 강조한다. 장어를 손질하는 것도 다르다. 간사이는 쫄깃한 맛을 도드라지게 하기 위해 배쪽을 갈라서 탄탄한 등살이 가운데 모이게 한다. 도쿄식은 등을 갈라 기름기 많고 부드러운 뱃살이 입에 퍼지도록 만든다. 그렇게 만든 장어구이를 밥에 덮어 내온 것을 먹는데, Y형이 한마디 한다.

"이 사람들이 장어 가지고 참 말이 많습니다. 구운 장어 밑에 밥이 있는데, 장어 양념이 밥알 위에 몇 센티미터까지 스며들어야 맛있는가 하고 논쟁을 하는 거죠."

디테일, 정말 '쩌는' 이들이다. 어떤 경우든 양념을 가지고 말

▼ 네덜란드에서 온 학문을 연구하는 학자, 곧 서양학 연구자.

들이 많다. 장어 가게를 했다 하면 에도시대부터 수백 년씩 된 집들이 있어서, 양념(타레たれ)을 원물로 쓰고 있다는 거다. 그러니까, 개업할 때 끓인 소스에 계속 재료를 더하면서 끓여 쓰고 있다는 말이다. 일어로 '요비모도시'라고 한다. 우리는 '씨 육수'라는 말을 한다. 지진이나 장마로 난리가 나면 다 제쳐두고 이 타레소스를 소중히 들고 나간다는 말이 있다.

우리나라 족발집에도 이런 식의 소스가 있다. 허영만 선생의 만화 『식객』에서 장충동 족발편은 이 '씨 소스'를 둘러싼 소동이 소재다. 일본 만화 『심야식당』의 한 에피소드로도 나온다. 대를 잇지 못해 문을 닫게 된 장어집 주인이 마스터에게 장어구이 양념을 물려준다. 마스터는 그것을 뜨거운 밥에 얹어 내는 메뉴를 판다.

나고야에 가면 히쓰마부시라는 장어덮밥이 인기 있다. 도쿄의 별 볼 일 없는 덮밥보다 더 맛있고 값도 싸다. 나고야는 오사카와 도쿄 사이에 있다. 도쿄와 같이 간토 지방에 속하지만, 도쿄의 라이벌 의식이 강하다. 나고야는 일본의 서쪽에서 도쿄로 가는 관리들이 들러서 쉬는 도시였다. 참근교대라고 하여, 각 번주가 교대로 에도(도쿄)에 강제로 머물도록 하는 제도 때문에 이 도시가 번성했다고 한다. 각 번주의 거대한 행렬이 나고야에 이르러 쉬고 먹으며 에도 진입을 준비했기 때문이다. 이때 히쓰마부시라는 장어덮밥이 인기를 끌었다고 한다.

과연 덮밥이 나오는데, 군침이 돈다. 장어가 바삭하고 촉촉하게 구워져 밥에 얹혀 있다. 장어는 간사이식으로 구웠다. 히쓰마부시를 유명하게 한 건 먹는 방법이다. 먼저, 그냥 먹는다. 그다음 양념을 섞어서 먹고, 마지막은 오차ぉ茶를 부어 먹는다. 한 그릇의 밥을 세 가지 맛으로 즐기는 방법이다. 혹시라도 나고야에 가게 된다면 들러보시길. 예약도 안 되고, 그냥 줄 서서 기다려야 한다.

일본식의 장어 요리가 섬세하다지만, 우리나라도 못지않았다. 한강에서 장어가 많이 잡혔는데, 숯불에 부채질해가며 굽는 장엇집이 노량진과 뚝섬, 광나루 같은 곳에 많았다고 한다. 아예 유선(놀잇배)에 풍로를 싣고 장어구이 안주를 내고 술을 파는 경우도 흔했다. 1970년 신문 기사를 보니, 한강 샛강에는 선술집 배가 떠 있는데 열대여섯 살 된 소년 소녀들이 부채질을 해가며 장어를 구워 안주로 내고 있다는 기록도 있다.

한강개발계획에 따라 1970년대 이후 콘크리트로 직선화시켜 둔덕을 마감하고 놀잇배 문화를 없애면서 이제는 멋대가리 없는 유람선만 떠다니는 강이 되고 말았다. 전두환이 집권하자 관제 가요가 등장하는데 가사가 이랬다.

'하늘엔 조각구름 떠 있고 강물엔 유람선이 떠 있고 저마다 누려야 할 행복이 언제나 자유로운 곳'

제목은 〈아! 대한민국〉이다. 29만 원짜리 대통령에게 왕년에 헌정된 노래랄까. 이 노래를 얼마나 텔레비전과 라디오에서 틀어댔던지 인기가요 5주 연속 톱을 했단다.

한강엔 아직도 어부가 있다. 한강과 임진강 일대의 어업은 허가제다. 부족해진 어족자원을 한정된 허가 어부들이 나눠서 잡고 있다. 자연산 장어는 그만큼 비싸다. 씨알 굵은 놈은 부르는 게 값이다. 여름에 병난 이에게 굵은 장어를 고아먹이면 벌떡 일어난다는 속설도 있다.

귄터 그라스는 어류 전문 소설가다. 『넙치』에다가 『양철북』을 썼다. 넙치는 그렇다 치고, 양철북은 왜? 장어가 등장하는 까닭이다. 귄터 그라스는 장어를 소재로 이 난해한 소설의 문을 연다. 굵직한 장어가 떼로 말대가리에서 우글거리는 장면은 과연 식욕을 떨어뜨릴 만하다. 이마무리 쇼헤이 감독▼의 영화 〈우나

▼ 〈간장선생〉〈복수는 나의 것〉 등을 연출한, 칸 영화제 1997년 황금종려상 수상 감독.

기〉도 장어를 소재로 한다. 다만, 여기서 장어는 삶을 팽개쳐버린 주인공에게 희망을 상징하는 존재로 나온다는 게 다르다.

어디서 들은 말인지 기억이 나지 않는데, 욕조에 장어를 여러 마리 풀고 정치범 죄수를 집어넣는 게 엄청난 고문이라고 한다. 한국 만화 『내시』에도 비슷한 장면이 나온다.

장어의 이미지만 나빠졌다. 장어, 맛있는 고기인데 말이다. 최악의 장어 요리는 영국의 장어젤리라고 한다. 또, 이탈리아는 장어를 이렇게 요리한다. 올리브오일에 마늘을 굽고 거기에 장어를 넣어 구운 후 토마토소스로 조려낸다. 물론 그것을 심드렁하게 먹으면서 간장에 잘 구운 동양식 장어 요리를 생각했다. 아이고, 아까운 장어, 이러면서.

장어구이는 기름이 많아 연기가 많이 난다. 기름이 뚝뚝 열원에 떨어져 피어오르는 연기가 장어에 다시 훈연되듯 하면서 맛이 더해진다고 한다. 물론 테이블에서 장어를 구워주는 집에 가려면, 좋은 재킷은 다른 걸로 바꿔 입고 가는 게 좋다.

좋은 장어구이는 먹고 싶은데 돈이 없다면, 영화 〈양철북〉의 말대가리 장면을 떠올려도 괜찮겠다. 밥맛이 뚝 떨어진다. 유튜브에 이 장면만 슬쩍 잘라서 올려놓은 것도 있더라. 취미도 고약한 녀석들이 세계 곳곳에 포진하고 있다.

내장까지
야무지게
쓱쓱

전복

에딜 웡이라는 홍콩 작가가 있다. 그이는 홍콩 음식문화에 대한 걸작을 썼다. 『Hong Kong Food & Culture』라는 책이다. 혹시 홍콩 음식이 궁금하다면 꼭 읽어보길 바란다. 홍콩 음식문화를 다룬 다른 모든 책(그렇게 많지는 않다)을 다 합쳐도 이 책 한 권의 무게에 못 미친다. (물론 물리적 무게가 아니다.) 이 책의 부제가 뭐냐면, '딤섬부터 말린 전복까지'다. 샥스핀도 아니고, 제비집도 아니고 전복이라니. 그것도 말린 전복. 그이는 "물고기 부레, 샥스핀, 말린 해삼, 말린 패주…… 그러나 그들의 왕은 말린 전복"이라고 했다. 말린 전복은 홍콩의 비밀 소스인 'XO소스'에 들어가며, 홍콩의 멋진 음식의 육수에도 들어가기 때문이라고 했다. 물론 우리가 아는 '불도장'에도 말린 전복이 들어가야 한다. 도 닦는 수도승조차 담을 넘게 한다는, 발칙한 이름의 음식이다.

불도장은 아무개 호텔에서 한 그릇에 수십만 원 한다. 들어가는 재료가 화려한데, 말린 전복을 좋은 걸 쓰면 남는 게 없다고 한다. 말린 전복은 건화乾貨의 황제다. 말린 어패류를 건화라고 부르는데, 그것 자체가 값어치가 있다는 뜻이다. 하긴, 우리도 마찬가지였다. 냉장시설이 없거나 부족하던 시절에는 말린 어패류가 돈값을 크게 했다. 물론 요즘도 다르지 않다. 말려서 더 가치 높은 게 있는 까닭이다. 조기보다 굴비가, 생미역보다 말린 미역의 가치가 더 높다. 말리면 맛이 집중된다. 말려서 더 맛있는 성분이 증가하기도 한다. (수분의 증발은 필연적으로 맛의 집중력이 높아질 수밖에 없게 한다.) 말린 것을 다시 부드럽게 하는 과정에서 상상하지 못했던 질감이 나온다.

해삼을 잘 다루는 화교 요리사 곡금초 선생은 "물에 잘 불리는 과정에서 해삼 특유의 촉감이 나온다. 생해삼과는 전혀 다른 맛이다. 안 그러면 흔한 생해삼 쓰지, 비싼 건해삼 사려고 눈을 부릅뜨고 다니겠나"라고 했다. 나는 말린 전복은 못 먹어봤다.

탕이나 소스에 들어간 것은 몰라도. 홍콩의 재래시장에 가보면, 가게마다 대표선수들을 전면에 진열해놓았다. 심지어 '비매품'이라고 써놓기도 한다. 거대한 샥스핀, 거대한 말린 전복. 전복이 정말, 어느 해녀 할망(할머니)의 말처럼 짚신만하다. 두툼하기는 거의 백과사전쯤 되는 것도 있다. 말린 것이 이 정도이니 생물이었을 때는 얼마나 컸을까.

옛날 제주도에는 전복이 많이 났다. 당연한 소리다. 그 전복을 말려서 한양까지 진상했다. 귀물이니 욕심도 컸다. 더 많이 달라고 재촉했으리라. 가렴주구도 그런 가렴주구가 없었으리라. 중국에 팔거나 사신 편에 황제의 선물로도 보냈을 것이고, 궁의 제사와 잔치에도 썼을 것이다. 중간에 탐관오리들이 '배달사고'도 어지간히 쳤으리라. 옛날 제주의 남자들이 물질을 안 하고 도망간 것이 다 전복 때문이라는 말이 있다. 전복 숫자를 못 맞추면 치도곤을 안겼다는 것이다. 무리해서 깊은 바다로 잠수하다가(깊어야 알이 굵다) 몸이 망가진 사람은 또 얼마나 많았을까. 차라리 전복이 제주 바다에서 나지 않았으면 좋았겠다고 옛날 제주 사람들은 한탄을 했다고 한다.

낚시꾼들은 제가 잡은 고기 크기를 대개 부풀려서 말하는 애교가 있다. 제주서 전복 잡는 할망들께 여쭈면 비슷한 일이 벌어진다. 짚신만한 걸 잡았다고 하질 않나, 손바닥보다 크다고 하는 건 보통이다. 대체로 무뚝뚝한 해녀들 성정인데, 간혹 철 아닐 때 바닷가에서 소소한 해물을 썰어 파는 할망 해녀들 곁에 앉아 놀다가 듣는 농이다. 아닌 게 아니라 예전엔 정말 큰 전복이 많았다고 한다. 소비량이 늘어서인지 요즘 큰 전복은 보기가 힘들다.

제주에서 나고 자라 현재는 애월리에서 전복요릿집을 하는 고경신씨는 어릴 적에는 시장에서 아주 큰 전복도 많이 봤다고 한다. 옛날에도 많이 귀했지만 산지에서는 제법 쌌던 게 전복인가보다. 요즘에는 뭐든 문자 그대로 비행기로 '공수'하는 세상이라 산지와 소비하는 대처의 가격이 크게 다르지 않다. 어찌 되었든 이제 자연산 전복은 귀하고 아주 비싸다.

"한 500그램 나가는, 10년 이상 묵은 놈은 부르는 게 값이에요. 수십만 원 합니다."

고경신씨의 남편이자 전복집 서빙 담당이라고 밝히는 이권섭 사장의 말이다. 그는 서울의 유명한 보험사에서 일하다가 IMF 사태에 충격을 받고 아내 고향인 제주로 내려온 지 20년째다. 그는 제주에 와서 제주수산연구소를 다녔다. 직원이 아니라, 실습 교육생 신분이었다. 단 두 명을 전복 교육생으로 받았다고 한다. 전복 양식은 완도가 유명하지만, 이곳 수산연구소에서 먼저 시도해서 성공, 완도 등지로 퍼져나갔다.

이제는 너무 흔해져서, 전복 넣은 라면도 어묵탕도 등장하는 세상이다. 하여튼 이사장이 전복 요리를 내온다. 회는 흔한지라 이 집에서는 다루지 않는다. 대신 익혀서 할 수 있는 건 다 한다. 돌솥밥, 찜, 구이 같은 것들이다. 전복이 실하고 밥값이 헐해서 인기가 많은 집이다. 그럴 수밖에 없는 것이 이른바 생산자가 직영하는 식당이기 때문이다.

제주는 광어, 완도는 전복 양식이 흥한 줄 알았는데 제주에서도 전복을 기른다. 특히 제주는 육상 양식이다. 바다에서 가까운 땅에 양식장을 짓고 바닷물을 끌어들여 기르는 방법이다. 완도는 바다에 가두리로 길러낸다. 제주는 생초(미역, 다시마 등의 해조류)가 드물어서 완도로부터 가져온다. 가두리가 아니므로 생산비도 많이 든다.

"생산업자가 스물넷입니다, 제주도에서만. 생산량이 적어서 거의 전량 도내에서 소비됩니다."

양식장은 아담하다. 너무 고요해서 여기 생명이 있나 싶다. 하긴, 전복이 무슨 조기나 민어처럼 운다는 말은 못 들었다. 칸칸이 수조가 구획대로 질서정연하고, 수조 안에는 맑은 바닷물이 가득하다. 그 안에서 셸터(일종의 집)가 들어 있다. 들어올리니 반대쪽 바닥에 전복이 아주 새까맣게 매달려 있다. 매달렸다기보다 붙어 있는 것이겠지만.

"전복은 야행성이에요. 낮에는 움직임이 거의 없습니다."

여기까지 들었는데, 시커멓고 수상한 녀석이 쉬쉬쉭, 수조 바닥에서 번개처럼 지나간다. 더듬이 같은 게 달려 있어서 무슨 커다란 달팽이처럼 보였다.

"해녀들 말씀이 '밤에는 전복이 날아다닌다'고 하는데, 진짜 그 말이 맞아요. 정말 빨리 움직여요."

전복은 튼튼한 빨판 같은 살점을 바위 등에 붙이고 있다가 먹이활동을 할 때 움직인다. 바위에 부착된 전복을 따려면 재빠른 손놀림이 기본이다. '빗창'이라고 부르는 도구를 쓰는데, 마치 서양의 가느다란 스패튤러(조리용 뒤집개)를 닮았다. 그것을 전복이 붙은 틈새로 재빨리 넣어야 떨어진다.

"조금이라도 머뭇거리면 절대 뗄 수 없어요. 특히 해녀들은 숨을 참고 일하기 때문에 아주 빨리 떼어내야 합니다. 안 그러면 전복을 보고도 못 잡는 수가 있겠지요."

그 강력한 힘이 아마도 전복의 약효랄까, 약성의 신비적 기원일 수도 있겠다. 나중에 이 집에서 전복죽을 끓여 냈는데, 푸르스름한 빛이 오묘하고 맛도 신기했다. 내장을 총칭하는 말이 이곳에서 '게우'라고 하는데, 전복의 생식선을 포함한다. 이것은 짙은 녹색을 띤다. 다른 지방은 몰라도, 제주에서는 이 녹색의 쓴맛 나는 게우를 반드시 알뜰하게 먹는다. 죽을 쑤면 갈아넣고 쌀과 끓이고, 젓을 담가 먹기도 한다.

"젓은 오래 두고 먹는 게 아니고 5일 이내에 소비합니다. 안 그러면 삭아버리거든요. 보통 만든 지 2~3일 안에 먹어야 아주 맛있죠."

일본에서 생선 내장, 특히 참치 내장으로 담근 젓을 '슈토^{酒盜}'라고 부른다. 술안주로 최고란 뜻이다. 게우젓도 아마 그런 존재가 아닐까 싶다.

전복도 여느 양식이나 축산처럼 수정과 부화가 아주 중요하다. 흥미로운 건 배우자 선정에 특별한 기준이 있다.

"가능하면 먼 곳에서 배우자를 골라 와요. 동이면 서쪽, 서면 동쪽. 멀리 완도에서도 구해오고. 일종의 근친교배를 피하려는 거죠."

제주의 전복 양식은 산란, 부화, 육성을 모두 일관 작업한다.

완도는 일단 육상에서 부화시켜 기른 후 가두리로 옮겨 키운다. 제주는 파도가 세서 가두리가 불가능하다. 생산비나 개체의 성장 등에서 제주가 불리하다. 그래서 생산량이 적고, 도내에서 쓰는 양식 전복의 95퍼센트가량이 완도산일 수밖에 없다.

1년 8개월짜리가 자라는 수조를 들여다보았다. 겨우 5~6센티미터급이다. 1년에 2센티미터 가량밖에 안 큰다. 그런데도 전국적으로 공급량이 많아서 값은 아주 헐하다. 식당에서 많이 쓰는 25미(마리)짜리의 킬로그램당 도매가가 겨우 2만 원 중반대다.

전복은 먹성이 아주 좋다. 특히 생미역을 좋아한다. 제철에는 생초를 주고, 여름에는 소금에 절이거나 냉동한 것을 풀어서 먹인다. 먹는 것이 곧 그 개체의 살로 가게 마련이다. 전복이 좋은 이유는 이처럼 해조류를 먹고 자라기 때문이라고도 한다. 해조류의 여러 약리 작용은 부언할 필요가 없겠다.

가을날의 맛

분이 다시
안으로
응축될 때까지

포도

8월, 9월은 포도 철이다. 노지 제철이다. 제철이란 노지 재배, 즉 하우스 시설을 갖추지 않고 기르는 걸 말한다. 제철은 '맛있고, 싸고, 풍성하다'는 의미다. 포도로 유명한 옥천에 갔다. 국내 유일의 포도연구소가 옥천에 있다. 나는 포도를 참 좋아한다. 이탈리아에서 포도농장 체험을 하다가 딴 포도가 너무 맛있어서 먹어치우곤 했다. 주인이 보고는 깜짝 놀랐다.

"그 한 송이가 와인이 되면 100유로가 넘을 거요."

웃으면서 말했지만 가시가 있었다. 고급 와인용 포도를 먹어 치우는 사람이라니. 로마네콩티라는 와인은 한 병에 몇천만 원 한다. 포도 1.5킬로그램 정도면 한 병이 나온다. 식후에 두어 명 이 포도를 양껏 먹으면 수천만 원어치가 될 수 있다. 괜히 웃음 이 났다.

포도는 품종이 우선이다. 물론 같은 품종이라고 다 같은 맛은 아니다. 맛에 따라 가격 차이가 많이 난다. 경매장에서 킬로그램 당 1천 원짜리가 있는가 하면 1만5천 원을 호가하는 것도 있다. 옥천의 한 포도 전문가는 말한다.

"형편에 맞게 포도를 골라 드시면 됩니다. 다만 맛있는 포도 는 비싸지요. 싸고 좋은 건 없어요. 세상 이치 아닌가요."

그렇다면 같은 가격이라도 잘 익은 것을 골라야겠는데 국내 유일의 포도연구소(농업기술원 산하)를 이끌고 있는 박재성 소장 이 힌트를 준다.

"보통 하얗게 분이 올라오는 걸 다 익었다고 생각하는데, 아 직 더 기다려야 해요. 분이 손으로 만진 것처럼 문질러진 모양 이 되어야 최적의 맛을 냅니다."

분은 포도의 당이다. 농약이 묻은 거라 오인하기도 하는데 천 만에. 아주 잘 익어서 과육 밖으로 나오는 하얀 분이다.

"분이 나오다가 다시 과일 안으로 응축됩니다. 그러면 밖에서는 하얀 분이 잘 안 보이게 되지요. 그때가 제일 맛있어요. 다시 말해서 분이 뽀얗게 덮여 있는 건 조금 더 기다려야 합니다."

포도의 색깔로 맛을 짐작하는 건 틀리기 쉽다. 시장을 석권한 품종인 캠벨 얼리의 경우 다 익지 않아도 자흑색, 즉 진한 보라색으로 변해서 마치 잘 익은 것처럼 보인다.

포도는 농민에게 상당히 기르기 힘든 과일이다. 보통 일곱 번 손이 가야 한 송이가 익기 때문에 1년 내내 돌봐줘야 한다. 더구나 포도는 국내에서는 지배적인 '메인' 과일도 아니다. 사과, 배가 대중적이고, 포도는 '마이너'다. 저장성도 약하고 가격도 낮아서 재배가 그리 선호되지 않는다.

요즘 우리 포도 시장은 딱 두 가지가 거의 석권하고 있다. 캠벨 얼리와 거봉. 캠벨 얼리는 거의 '토종'이라 불러도 될 정도로 오랫동안 재배했다. 1800년대 후반에 들어와서 1908년에 본격 보급된 것으로 기록되어 있다. 1980~1990년대의 스타는 거봉이다. 캠벨 얼리는 다른 종의 개발이 거의 없었지만, 거봉은 10여 종의 변종이 시장에서 팔린다. 물론 소비자는 그것들을 따로 구별하지 않고, 상인들도 마찬가지다.

먹어보면 같은 거봉이라도 맛이 다 다르다. 피오네, 자옥 이런 품종은 각기 맛이 다르고 피오네가 자옥보다 맛이 좋다. 허나, 시장에서 구별해서 팔지 않는다.

거봉류는 씨가 없거나 있더라도 미숙한 상태, 즉 거의 '씨 없는 포도' 수준이라 인기가 상승하고 있다. 생산량도 늘어서 사 먹기 어렵지 않다. 시장에 나가서 살펴보니 도매시장에서는 커다란 송이 3개가 포장된, 2킬로그램 한 상자에 1만 원 미만짜리도 꽤 많다.

국내 포도 종은 모두 150여 종이나 된다. 세계적으로는 350여 종이다. 허나 우리가 알고 있는 건 딱 3종이 전부다. 캠벨 얼리, 거봉, 그리고 머루포도로 알려져 있는 '새단'이다. 매일 먹는 벼도 우리는 품종을 모르고 사고판다. 과일도 마찬가지인 셈이다. 전문가의 말이다.

"우선 농민이 다른 종을 심으려고 하지 않습니다. 보수적이에 요. 포도나무를 심어서 과일을 수확하자면 3년은 걸리는데 그동안은 뭐 먹고 사느냐 이겁니다. 캠벨 얼리가 병충해에도 강하고 비교적 일찍 수확할 수 있는데다가 기르기 쉬운 편인 까닭도 있어요. 새로 재배하려면 온갖 복잡한 과정이 필요한 신품종을 노인더러 기르라고 하기도 어려운 거예요."

착잡하다. 이런 사정을 다른 작물의 경우에서도 들은 바 있다. 요새 국산 콩이 출하량도 많고 값도 싸진 것엔 슬픈 사연이 있다. 농촌의 고령화 때문이다. 다른 잡곡이나 과일은 기르기 힘들고 손이 많이 가는 반면, 콩은 비교적 수월하게 재배된다는 것이다. 그 영향으로 콩 생산량이 늘면서 가격도 떨어졌다고 한다.

포도연구소에서는 좋은 품종의 포도를 개발, 보급하기 위해 불철주야 애쓰고 있다. 연구소 시험장을 들어서니 듣도 보도 못한 다양한 품종의 포도가 각기 다른 조건에서 익어가고 있었다. 품종 개발은 많은 시간과 공이 들어가기 때문에 보통 20년은 거듭해야 한 품종의 완성을 기대할 수 있다. 그러나 이런저런 사정으로 개발과 보급이 잘 안 된다. 현재 네 가지 품종이 개발 완료되어 보급중이다. 자랑, 청랑, 청포랑, 충랑이 그것이다. 청포랑은 국내에서 부진한 청포도의 부활을 알리는 품종이고 충랑의 경우 막강한 기대주다. 먹어보니 거봉과 캠벨 얼리의 맛과 향을 합쳐놓은 듯하다. 알도 굵고 맛도 아주 좋다.

한국 포도는 온갖 신기술이 도입되면서 품질이 전반적으로 올라갔다. 시설 재배가 아니더라도 비가림과 농장 바닥에 태양 반사체를 깔아서 일조량을 높이는 등의 노력이 더해져서 달고 맛있어졌다. 하지만 수입 포도의 공략 또한 만만치 않다. 국내산

포도가 거의 나오지 않는 12월~5월까지만 수입하도록 하고 있는데 통관 기준으로만 그렇고 저장해서 파는 것까지는 막을 수는 없다는 얘기다.

'내 고장 칠월은/ 청포도가 익어가는 시절// 이 마을 전설이 주저리주저리 열리고……'

이육사의 시 구절이다. 시인은 경북 안동 출신이지만 이 시의 구절은 경북 영일군 동해면 일대의 풍경이다. 그 시절로 음력일 테니, 8월 즈음일 것이다. 시에서 풍기는 청량함과 다르게 과거에 청포도는 인기가 없었다고 한다. 기르기 힘든데다, 덜 익은 포도로 보는 경향이 있기 때문이었다. 게다가 과일은 향이 좋아야 잘 팔리기도 하는데 그렇지 않은 청포도는 자연스럽게 재배가 줄게 되었다고 한다.

요즘 세계적으로 유명한 머스캣 등 향이 좋은 청포도가 다시 재배되고 있다. 특히 한국에서는 와인 제조에 적합한 청포도 재배가 늘고 있어 어쩌면 국산 와인의 성가를 드높일 가능성도 크다.

옥천 지방을 둘러보면 곳곳에 포도 상징물이 있다. 군의 상징

작물인 까닭이다. 옥천은 군 전체를 산이 둘러싸고 있는 형국이다. 분지다. 그래서 온도가 높다. 포도는 낮에는 고온, 밤에는 서늘한 기후에 잘 익는다. 무조건 덥기만 해서는 포도 맛이 좋아지지 않는다. 서늘할 때 포도가 단맛을 응축하기 때문이다.

한국 기후가 점차 포도 생육에 유리해지고 있다. 시설 재배법이 보급되고, 강원도 같은 곳도 노지 재배를 할 수 있게 기후가 변해서다. 많은 기후 전문가들이 유럽의 와인용 포도의 북방한계선이 북상하면서 장차 새로운 지도가 그려질 것이라고 보는 것도 그런 의미다. 포도 재배에 부적합했던 북유럽에서도 이제 와인이 나올 수 있다는 얘기다. 반면 스페인과 프랑스 등지는 지구온난화로 포도 품질이 나빠질 수 있다고도 한다. 세상이 속속 변하고 있다.

"요새 기온도 높아지고 생산기술도 늘어서 포도 당도가 많이 올라갔어요. 옛날보다 맛있어졌지. 값도 맛에 비해 아주 싸요. 30년 전에도 좋은 포도는 1킬로그램에 만 원이 넘었어요. 지금도 그 가격이에요. 농민이 너무도 힘듭니다만, 그래도 소비자에게는 좋은 기회지요. 맛있는 포도를 많이들 드시길 바랍니다."

포도 맛을 보는 비결이 있다. 매달려 있는 포도송이의 상태를 기준으로 위쪽에 달린 포도가 더 달다. 그러니, 밑의 뾰족한 쪽에 달린 포도알을 먹어보아 달다면, 그 포도는 틀림없다고 할 수 있다. 게다가 요즘은 포도송이 자체에서 알을 솎아내기 때문에 전체적으로 품질이 좋아지기도 했다. 보통 100개 정도의 알이 있다면, 30개는 솎아낸다. 일일이 손으로 해야 한다. 고단하고 성가신 일이다.

포도가 영양을 빨아들여 포도알을 맛있게 만드는 이유는 종의 보존 때문이다. 포도가 달고 맛있어야 짐승이 따 먹고, 다른 곳에 배설한다. 이때 씨가 퍼뜨려지고, 종이 잘 번식하게 된다. 놀라운 우주의 섭리다. 포도는 익으면 달게 변한다.

포도란 놈은 생명력이 아주 강하다. 원래 줄기 하나를 꽂아두면 넝쿨이 된다는 종이다. 집에 포도 한 상자를 사서 놔두면 파랗던 줄기가 까맣게 변하는 걸 볼 수 있다. 포도송이가 줄기에 남아 있는 영양을 다 빨아먹어버리기 때문이란다. 마지막으로 꼭 전하고 싶은 당부의 한마디!

"사 온 포도는 종이포장에 싼 채로 냉장고 채소칸에서 사나흘 숙성시키면 더 맛있습니다."

식량 자주권을
갖기 위하여

감자

여러분들은 혹시 맛있는 매시트포테이토 만드는 법을 아시는지. 여기서 잠깐. '매시트'는 '으깬'이라고 번역한다. 으깬 감자라고 써야 맞을 것 같다. 그러나 다른 언어가 표현하는 물성을 억지로 번역하려 하면 무리가 따른다. 이탈리아의 '뇨키'를 어떻게 번역하겠는가. 어떤 글을 읽으니 '감자 떡'이라 표현했다. 누구는 '감자 수제비'라고도 쓴다. 떡은 쫄깃한데 뇨키는 쫄깃하지 않다. 게다가 수제비처럼 국물 있게 먹지도 않는다. 더구나 감자가 안 들어간 뇨키도 많다. 감자 뇨키가 맛은 있지만. 그래서 어지간하면 원어를 그대로 쓰는 게 낫다. 우리 음식도 이제는 '김치 스튜'니 '믹스트 베지터블 라이스'니 하지 않는다. 김치찌개, 비빔밥이라고 그냥 영문 표기를 하는 게 정석이 됐다. 스시는 스시지 '슬라이스드 피시 토핑 라이스'가 아니듯이.

자, 매시트포테이토를 앞에 두었다면 먼저 주문을 외워야 한다. 일종의 자기최면이다. 이렇게.

"이건 감자 요리가 아니야. 버터 요리야."

그러면 됐다. 끝났다. 무슨 말인지 설명하겠다. 맛있는 매시트포테이토는 좋은 감자, 버터, 소금의 맛이다. 한데 일반인들이 책에서 보는 조리법을 보면 이런 식이다.

'감자 200그램, 버터 60그램, 소금과 후추.'

이래서는 맛이 안 나온다. 과감해져야 한다. 버터 요리라는 말을 기억해야 한다. 고쳐본다.

'감자 200그램, 버터 200그램, 소금과 후추.'

버터가 이렇게나 많이? 놀라시겠지만 진실이다. 어떤 셰프는 감자보다 버터를 더 많이 넣는다. 그래서 '버터 요리'다. 이제 당신은 맛있는 매시트포테이토, 아니 '매시트포테이토 인 버터' 조리법을 확실히 알게 됐다. 여담인데, 옛날 가난한 농민은 감자에 버터 대신 물을 넣어 부드럽게 해 먹었다고 한다. 버터가 귀해서.

그래도 감자는 억울하다. 버터가 아무리 좋다지만 감자 맛이 진짜인데. 맞다. 일단 감자가 맛있어야 한다. 종의 다양성에 대해 내가 예로 드는 일이 있다. 이탈리아에서 무급 조수로 근무할 때다. 오븐에 구운 감자와 멸치 요리가 메뉴에 있었다. 감자를 얇게 잘라서 멸치와 켜켜로 쌓아 오븐에 구운 후, 주문이 들어오면 한 번 더 구워 나가는 요리였다. 수고에 비해 이문이 많고, 맛도 좋았다. 각자 담당한 요리의 재료가 떨어지면 주방장에게 주문을 하면 구해줬다. 어느 날, 감자가 부족했다.

"감자 3킬로그램 주문해주세요."

"무슨 감자?"

"요리용 감자요."

"아니, 무슨 감자?"

"(요리를 보여주면서) 이 요리에 쓸 감자요."

"응, 그건 이러저러한 감자 품종이고, 이러저러한 지역산이야. 앞으로는 그렇게 써서 주게."

응? 감자에도 품종이? 그랬다. 이탈리아 식물도감을 펴보면 수십 종의 감자가 나온다. 이탈리아에선 계절마다, 요리마다 다른 감자를 쓴다. 생김새도 제각각이다. 색깔도 다 다르다. 어떤 건 자주색이고 노랗고 심지어 빨간색도 있어서 고구마와 헷갈린다. 이탈리아의 예일 뿐 인간이 먹는 감자 종은 훨씬 더 많다. 지금 우리가 먹는 감자는 가장 농사짓기 편하고 양이 많아서 선택된, 극히 소수의 감자다. 대부분 인간이 육종을 해서 이익이 많이 나도록 기른 품종이기도 하다.

농촌진흥청에서 나온 『감자 교과서』 2003년판을 보면 모두 16종의 감자가 나온다. 아는 품종이 몇 개나 나오는지 세어보시라.

남작, 수미, 대지, 세풍, 조풍, 남서, 대서, 가원, 자심, 추백, 조원, 자서, 추동, 신남작, 가황, 추강.

1960년부터 육종된 순서대로 나열한 것이다. 대지까지만 알아도 당신은 우수생이다. 이외에도 개인이나 개별 연구소에서 육종한 건 훨씬 더 많다. 간단히 몇 종만 설명하면, 파사삭 분이 나면서 부서지는 건 남작이다. 무려 1876년 미국에서 얼리 로즈란 품종이 영국으로 갔는데, 일본의 가와다 남작이 일본으로 가져왔다고 하여 남작이 되었다(썰이 아니다). 한국에는 일제강점기에 들어와서 육종이 본격화된 1960년대에 많이 심었다. 요즘은 찾기 어렵고, 더러 시장에서 남작이라고 파는 것도 삶아보면 남작이 아니고 중간 정도의 분질을 가진 종인 경우가 더 많다. 분이 좀 나면 그냥 시장 사람들은 남작이라고 부르는 경향이 있다. 추백, 대지, 추동 뭐 이런 말을 하면 알아듣고 살 소비자가 없으니까.

수미는 지금 대세다. 수미는 미국의 수페리어라는 품종의 말을 한자로 멋지게 번역한 것 같다. 빼어날 수, 아름다울 미. 1961년에 미국에서 육성되어 우리나라에는 1975년에 도입되었다. 이 품종이 많이 선택된 데는 이유가 있다. 찐득찐득한 점질 감자인데다가 지금 대세 감자라 파삭한 분질 감자를 좋아하는 분들에게는 원성의 대상이 되기도 한다.

심지어 파삭한 남작을 옛날 토종 감자라고 오해하는 경우도 있다. 하나 당시 이유가 있었다고 한다. 수미는 조생종으로 빨리 자라서 춘궁기에 수확할 수 있고 다수확이라 적격으로 선택된 것. 더구나 병충해에도 강한 편이다. 식량 사정이 나아진 이후에도 수미는 대세가 됐고, '어어' 하다가 다른 감자는 잘 찾아보기 어려워졌다고 하겠다.

감자로 만드는 요리는 워낙 많지만 이탈리아의 뇨키는 그중에서도 널리 알려졌다. 이탈리아는 밀라노 북동쪽의 사람들이 오래전부터 감자를 먹어왔는데, 이들은 척박한 기후에서 살아나기 위해 감자를 요리했지만, 이제는 미식으로 이끌어내고 있다. 바로 뇨키는 이 지역의 음식이다. 인근의 피에몬테나 에밀리아 지방(미트소스 볼로네제가 유명한) 사람들이 달걀을 넣은 맛있는 밀가루 파스타를 먹을 때 여전히 이 산골지방은 감자를 먹었다. 그래서 뇨키란 말은 이 지역 사람들을 비웃는 말이기도 했다(우리에게는 감자바위란 말이 있었던 것처럼). 이제 뇨키는 고급 요리로 미슐랭 쓰리 스타 식당에서도 주력 메뉴로 팔린다.

뇨키는 주로 감자로 만든다. 비싼 밀가루 대신 먹기 위한 음식이니 아주 부드러울 수밖에 없다. 그래서 '쫄깃한' 뇨키는 정통이 아니다. 밀가루 대신 왕창 넣은 감자 덕에, 그 부드러움이 이제는 오히려 사랑받는 비결이 됐다. 입에 넣으면 살살 녹는다. 마치 구황으로 먹었던 찰기 없는 순 메밀면이 이제는 진짜 냉면을 가르는 기준이 되어버린 것처럼.

감자에 미쳐서 자기가 돈을 대고 육종하여 농사짓는 분이 춘천에 산다. 춘천시를 왼쪽으로 두고 소양호 가는 길 중간. 신북면은 이청강씨가 감자밭을 일구는 곳이다.

감자는 전 세계 3천여 종이 있는데 수미가 우리나라에서는 우선 보급종이다. 보급종이란 나라에서 영농법도 알려주고, 많이 심도록 장려하는 종이라서 시장에서 팔기도 편하다. 그래서 우리가 먹는 감자는 대개 수미일 수밖에 없다. 한 가지 종이 시장을 장악한 것은 여러모로 문제다. 이씨의 표현을 빌리면 '파근파근한 맛'의 다른 감자를 먹고 싶어도 소비자가 살 방법이 없는 실정이다.

내가 이씨의 감자를 알게 된 건 필연적 계기였다. 뇨키를 만들어 파는데, 수미 품종으로는 맛이 안 났다. 다른 품종은 구할 수도 없었다. 그러던 차에 지인이 이씨의 '홍감자'를 소개했다. 달고 고소하며 개성이 강했다. '이게 감자 맞아?' 할 만큼 독특했다. 어떤 요리사든 독점적인 자신의 요리를 만들고 싶어한다. 그 시작은 특별한 재료다. 홍감자가 바로 그것이었다.

감자는 식량 자주권을 갖는 데도 아주 유용하다. 그러나 종의 다양성이 필수다. 1800년대 중반, 아일랜드 인구의 3분의 1을 아사시키며 중세 페스트보다 더 끔찍한 결과를 가져온 '아일랜드 대기근' 사건도 종의 '몰빵'에서 시작됐다. 감자마름병이 퍼지자, 손을 쓸 수 없게 퍼져나갔다. 영국 식민지로 감자에 식량의 상당수를 의존하던 구조도 문제였다.

우리나라 식량에서 감자가 차지하는 비중은 0.5퍼센트 정도

밖에 되지 않는다. 20퍼센트 가까이 되는 유럽에 비하면 턱없이 낮다. 우리의 식량 자급률은 쌀을 포함해도 20퍼센트 수준. 감자를 잘 키워야 하는 이유다.

우리에겐 감자 요리법이 별로 없다. 삶기에는 수미종이 별로이고, 대개 볶거나 국에 넣어 끓이는 정도다. 종이 몇 없으니 감자값도 너무 들쭉날쭉하다. 비쌀 때는 10킬로그램에 10만 원을 웃돈다. 그러니 감자 없는 감자탕이 나오고, '원래 감자탕의 감자란 돼지의 뼈를 뜻한다'는 해괴한 설이 퍼지기도 했다. 물론 낭설이다.

감자는 종을 잘 개량하고 재배하면 재미있는 일도 많이 생긴다. 맥도널드 같은 패스트푸드점이 지금의 위치를 차지한 건, 햄버거보다 감자튀김 덕이라는 말이 있다. 감자튀김이 훨씬 중독성이 강하기 때문이다. 튀긴 것의 힘이다. 그러나 튀김 그 자체보다 결정적으로 기다란 감자품종이 보급되면서 대히트를 쳤다는 설이 있다. 미국 아이다호 감자는 세로로 길다. 이것을 길게 썰어 튀겨서 포장지 밖으로 튀어나오게 보이도록 했더니 훨씬 양이 많아 보이고 먹음직스러워졌다. 이런 뒷사정이 대박으로 이어졌다는 것이다.

우리나라 감자는 사실 사철 재배된다. 봄 여름 가을 겨울 감자가 다 있다. 계절적으로 11월부터 4월까지 수확량이 많이 줄 뿐이다. 우리 기후에 맞는 감자를 잘 재배하면 식량 사정도 좋아질 것이다. 길어도 100일 정도면 수확할 수 있기 때문이다. 벼나 밀에 비해 생장 기간이 짧다.

게다가 건강에도 아주 좋다. 비타민이 고루 들어 있고, 함유하고 있는 칼륨은 대체로 음식을 짜게 먹는 한국인에게 아주 좋다. 나트륨 배출을 돕기 때문이다. 고혈압과 위암 등을 예방하는 데 도움이 된다고 한다.

평양냉면 먹을 땐
꼭 식초를 쳐서 들라우

메밀

'길은 지금 긴 산허리에 걸려 있다. 밤 중을 지난 무렵인지 죽은 듯이 고요한 속에서 짐승 같은 달의 숨소리가 손에 잡힐 듯이 들리며, 콩 포기와 옥수수 잎새가 한 층 달에 푸르게 젖었다. 산허리는 온통 메밀밭이어서 피기 시작한 꽃이 소금을 뿌린 듯이 흐붓한 달빛에 숨이 막힐 지경이다.'

정말로 '숨이 막힐 듯한' 탐미적 묘사다. 이효석이 쓴 이 문장의 아름다움은 몇 번을 강조해도 지나치지 않다. 나는 지금도 저 대목을 읽으면 문장을 잉태한 작가의 힘을 새삼 대단하게 느끼게 된다.

이효석은 빼어난 소설을 남겼고, 동시에 그의 고향 평창에 선물도 안겼다. 그의 소설 한 줄로 시작된 관광사업이 크게 히트했다. 그저, 소금을 뿌린 듯한 메밀꽃을 보러 사람들이 몰려들었다. 평창이 시쳇말로 이렇게 떴고, 동계 올림픽까지 치렀으니, 또 무슨 일이 일어날지 알 수가 없다.

생가에 가봤다. 지금은 막국숫집이 되었다. 홍씨 성의 주인이 맛있는 국수를 판다. 그의 증조부께서 사들였다고 한다. 아는 사람은 알지만, 이효석 선생의 생가라고 부르는 곳은 두 개가 있다. 막국수를 파는 자리의 생가가 오리지널이고, 아래쪽에 문학관을 크게 지으면서 관에서 생가를 고증 얻어 복원했다고 하는 집이 하나 더 있다. 어쨌든 사람들이 찾는 진짜 생가는 바로 여기다. 주소는 강원도 평창군 봉평면 이효석길 33-5. 앞에 큰길이 없을 때도 국문과 교수들과 학생들이 몇 킬로미터를 걸어서 생가를 보기 위해 들어왔다고 한다. 그들에게 국수를 삶아내다가 결국 식당도 차리게 되었다.

이효석은 공부도 많이 했지만 박복한 생을 살았다. 아내와 어린 아기를 잃고 서른여섯 살에 요절했다. 메밀의 운명도 그랬다. 한때 전국의 입들을 먹여 살렸는데, 한동안 별로 심지 않는

작물이 되었다. 그러다 이효석의 성가가 되살아난 것처럼 희한하게도 요즘 메밀의 인기는 하늘을 찌른다. 냉면과 막국수에 메밀 함량을 따지는 세상이 되었기 때문이다. 더구나 메밀 소요를 대는 양의 다수가 수입산이라 국산 메밀을 찾는 이들이 더 많아졌다. 흥미로운 건 강원도가 메밀의 메카처럼 알려져 있으나 생산량은 많지 않다는 점이다. 국산의 10퍼센트 정도를 차지할 뿐이다. 최대 생산지는 뜻밖에도 제주도가 30퍼센트를 넘고 그다음으로는 전라도다. 원래 제주는 쌀농사가 안 되어 메밀을 많이 길렀다. 그래서 강원도 일대 제분소에 들어오는 상당량의 메밀이 외지산이다. 그러나 강원도산이 최고라고 알고 있는 사람들이 대다수다. 이게 다 이효석의 소설이 큰 영향을 끼쳤다고 할 수 있다. '이효석=메밀=강원도'의 등식이 만들어진 셈이다. 소설 한 줄이 이 지역의 인문 지리를 바꾸어버린 것이다.

강원도, 특히 평창군은 메밀로 인기를 얻고 있으면서 동시에 심리적 압박을 느끼고 있다. 평창군 봉평은 메밀을 심고는 있지만, 실은 농민에게 부담이 된다. 경관작물이어서 반드시 심어야 하는 것이기 때문이다.

사정인즉슨 이렇다. 강원도는 이미 길이 좋아진 1980년대 들어서 무와 배추를 많이 심어서 도시로 내다팔았다. 고랭지라 수

확 시기가 평지와 달라 돈이 되었기 때문이다. 1993년도 신문기사를 보면 강원도 농협에서 '명색이 메밀 본고장인데 실제 심지 않고 있으니 적극적으로 메밀을 생산하자'고 선언하는 내용이 나온다. 그렇지만 무 배추 감자보다 돈이 안 되는 메밀을 사람들이 많이 심을 리 없었다. 그러던 것이 뜻밖의 전기를 가져온다. 바로 '평창효석문화제(메밀꽃축제)'다. 9월 초에 메밀꽃이 소설 대목처럼 흐드러질 때 관광객을 유치하자는 사업이었고, 대성공을 거두었다. 실제, 달밤에 '흐붓한' 메밀꽃을 보자면 얼마나 환상적이겠는가. 여담인데, 흥미롭게도 메밀꽃에서는 밤꽃 같은 정액 냄새가 난다.

관에서 많이 심으라고 독려한다. 메밀을 수확해서 먹는 건 나중 문제고, 꽃이 잘 피어야 축제가 잘되니까. 메밀밭의 위치에 따라 약간의 보조금도 나온다. 돈 되는 작물 대신 메밀을 심는 농민들을 위로하는 것이다. 대의가 있으니 잘 따르지만 쉬운 일도 아니다. 무 배추 감자를 심으면 1억 원을 벌 수도 있는 땅에 메밀을 심으면 1천만 원이 고작일 때가 많다.

메밀꽃을 축제 시기에 맞춰 피워내자면 무조건 8월 5일 전에 씨를 뿌려야 한다. 그런데 감자 같은 봄 작물을 심고 정비하고 다시 메밀 심자니 감자가 다 익기도 전에 거두어야 한다. 참 속사정에 애로가 많다. 메밀은 수확량이 아주 적다. 경관을 만들어야 해서 벌써 15년 이상 연작을 하기 때문에 그렇다. 연작을 피해 짓는 경우에 비해 알곡이 작고 힘이 떨어진다. 하나를 얻자니 손해도 생기는 법이다.

메밀은 대파代播에 아주 적합하다. 논이 망가지면 벼를 베어내고 메밀을 심어도 충분히 수확해서 먹을 수 있었다. 생육기간이 60일이면 되기 때문에 여름에 심어도 가을에 서리 내리기 전에 수확이 가능했다. 벼의 대체작물로 최선이었다. 당시 논이 부족한 산간지방은 주로 메밀을 일궜다는 이야기도 있다. 거칠고 추운 곳에서도 잘 자랐기 때문이다. 논이 적은 강원도가 막국수의 메카로 알려진 계기다.

당연한 말이지만 메밀의 제철은 이효석축제 때가 아니다. 알곡이 익어서 추수하는 가을이다. 바로 햇메밀이 나온다. 일본에서는 이즈음, 각 국수 가게에는 이런 안내문이 나붙는다.

"신新 메밀 입하"

햇메밀이 나왔다는 소리다. 일본 메밀 애호가들은 이때를 기다린다. 메밀은 열에 아주 약하다. 오래 보관하면 품질이 나빠진다. 햇메밀이 유독 맛있는 이유다. 메밀이 열에 약한 건 취급에

도 영향을 끼친다. 우선 수확한 통메밀 자체를 서늘하게 보관해
야 한다. 껍질을 까면 녹색을 살짝 띤 하얀 메밀쌀이 나오는데
이미 이때부터 품질 저하가 시작된다. 가루로 곱게 갈면 빨리
먹어야 한다. 열에 약하므로 제분 후 맛과 향이 급속도로 떨어
진다. 일찌감치 가루로 만들어 주로 유통되는 우리나라 메밀로
봐서는 합격점을 줄 수 없다. 몇몇 냉면집에서 자체 제분시설을
갖추고 있는 것이 그 이유다. 갓 갈아서 먹어야 맛이 좋기 때문
이다. 어쨌든 가을이 되면 좋은 메밀을 먹을 수 있는 시기가 시
작된다. 왕년에 강원도에서, 화전민들이 수확한 메밀로 국수를
눌러 먹던 시기가 바로 그즈음부터였다. 동치미가 익으면 더 좋
으리라.

이런 메밀 문제는 북한의 이른바 오리지널 평양냉면의 역사
에도 큰 영향을 주었다. 하얀색에 가까운 색에 툭툭 끊어졌다던
평양의 냉면이 왜 검게, 쫄깃하게 변했을까. 나는 그게 늘 궁금
했다. 그러다가 깜짝 놀랄 만한 이유를 발견했다.

2018년 5월에 냉면집들은 이른 성수기를 맞았다. 아시다시피
남북예술단 교류와 남북정상회담의 영향이다. 걸그룹 레드벨벳
이 맛본 냉면은 우리의 상상(?)과 많이 달랐다. 식초와 겨자를
치고, 붉은 양념도 넣었다. 냉면은 소금간이 된 맑은 육수에 아

무엇도 넣지 않고 먹어야 한다는 남쪽의 냉면 '순수파'들에게는 남다른 일이었다. 이른바 원조랄 수밖에 없는 평양의 취식법이 준 충격이었다. 남북정상회담에서는 김위원장이 일부러 평양냉면을 회담장까지 날라 대접하는 장면이 인상적이었다. 평양냉면에 대한 자부심이 깊게 드러났다.

평양냉면이 베일을 벗는다는 말도 나왔다. 이른바 '면스플레인 오류설(?)'도 화제를 모았다. '맨스플레인'에서 파생된, 냉면에 대해 참견하고 설명한다는 뜻의 '면스플레인'. 정작 북한의 정통 냉면과는 서로 들어맞지 않는다는 지적이 나온 것이다. 식초 겨자는 치지 않으며 면은 순 메밀을 써서 '입술로 끊어질 정도'로 부드러운 것이 진짜라는 남쪽의 오랜 냉면 인식이 송두리째 흔들렸다. 우리가 영상과 사진으로 확인한 옥류관의 냉면은 거의 칡냉면이라 할 정도로 검었고, 실제로 꽤 질겼다고 한다. 도대체 무슨 일이 일어난 걸까. 그동안 진짜라고 믿었던 남쪽의 평양냉면은 가짜(?)였던 것일까. 결론부터 말하면 오히려 남쪽의 냉면이 과거의 평양냉면의 본령에 더 가까울 수 있다는 취재 결과가 나왔다.

1993년과 1996년에 중국을 방문해 북경의 북한식당 '해당화'와 투먼의 조중朝中 합작 식당에서 냉면을 먹은 적이 있다. 그때

만 해도 냉면이 지금 평양에서 보여준 냉면처럼 갈색은 아니었지만, 희거나 노란빛을 띤 속메밀 색깔도 아니었다. 상당히 쫄깃한 맛도 있어서 복무원에게 묻자 '메밀이 원래 그렇다'는 대답만 돌아왔다. 의아한 일이었다. 겉껍질을 섞어 쓴 까닭일까. 껍질을 섞으면 색깔은 갈색에 가까워진다. 그러나 쫄깃하지는 않다. 그러니 그것도 정확한 분석이 아니다.

우선 평안도 출신 시인 백석의 시 「국수」를 보자. 국수는 냉면을 이르는 평안도의 통칭이다.

'아, 이 반가운 것은 무엇인가/ 이 히수무레하고 부드럽고 수수하고 슴슴한 것은 무엇인가/ 겨울밤 쩡하니 닉은 동티미국을 좋아하고 얼얼한 댕추가루를 좋아하고 싱싱한 산꿩의 고기를 좋아하고'

히수무레는 '희끄무레'하다는 뜻이다. 엷게 조금 허연 모양이다. 지금의 평양냉면처럼 갈색은 아니다. 그러니까, 언제부터인가 평양냉면이 검어지고 있었다는 뜻이다. 서울의 유명 냉면집 사장들은 입을 모아 평양의 면을 최대한 재현하고 있다고 말한다. 이 면은 아시다시피 노랗거나 약간의 회색이 도는 흰색에 가까운 면이다. 메밀이 대략 60퍼센트 이상 함유된 상태다. 이

번에 확인된 옥류관 냉면의 갈색과는 큰 차이를 보인다.

북한 주요 요리 서적에서의 메밀 배합량을 살펴보았다. 100퍼센트가 제일 많았다. 메밀 7에 감자전분 3을 배합하는 경우도 있었다. 갈색의 면으로 화제가 된 옥류관의 주방장 김성일은 '주원료는 메밀과 감자전분이다(잡지 〈천리마〉 1991년 10호)' 또 '육수는 소금과 간장으로 간을 맞춘다'고 한다.

자료를 추적했다. 메밀가루 100퍼센트 내지는 70퍼센트 이상의 냉면이 변한 이유가 있었다. 1990년대 이른바 '고난의 행군 시기'가 그 이유다. 메밀 흉작 등으로 메밀 100퍼센트 냉면을 포기하기에 이른 것이다. 메밀은 단위면적당 소출이 일반 작물에 비해 아주 적어 감자나 고구마를 심는 것이 식량 사정상 훨씬 유리하다. 따라서 메밀 재배량을 줄이고 양과 칼로리 중심의 작물로 전환했을 가능성이 높다.

그러므로 남한에서 '히수무레'한 메밀 중심 면을 쓰는 냉면집은 오히려 당대 북한 냉면보다 더 원형을 잘 지키고 있다고 주장할 수도 있다. 음식은 정치경제, 사회적 조건에 따라 변하게 마련이다. 설렁탕에 국수가 들어간 것을 우리는 정통으로 보지만, 실은 박정희 정권 당시 쌀 소비를 줄이고 값싼 수입 밀가루를 많이 활용하려는 행정명령에 의한 것이었다는 사실만 봐도 알 수 있다.

냉면은 김일성이 각별히 자랑하고 권장하던 음식이고, 이것은 당대 김정은 위원장까지 이어지고 있다.

옥류관에는 김정일이 알려주는 냉면 먹는 법이 적혀 있다.

1. 농마국수(전분국수, 함흥식 냉면)에는 양념장을 치지만, 냉면에는 치지 않는다.

2. 냉면집 식탁 위에는 예로부터 간장병과 식초병, 고춧가루 단지만 놓았다. 파나 마늘은 메밀의 구수한 맛을 해치므로 넣지 않는다.

3. 식초는 육수에 치지 말고 국숫발에 친 다음 그것을 육수에 말아야 제맛이 난다.

양념장은 안 되지만 고춧가루는 오케이, 파는 넣지 않으며 식초는 국숫발에 직접 친다는 말이다. 서울의 '우래옥' 전무가 권장하는 "꼭 면에 식초를 쳐서 들라우!" 하는 설명과 일치한다.

우리는 평양냉면에 대해 여전히 잘 모른다. 육수도 마찬가지다. 소, 돼지, 닭, 꿩을 다 다르게 배합한다. 소고기만 들어가는 것도 있고, 소, 닭, 돼지 등이 '조합'으로 짝을 이루는 경우도 있다. 심지어 '평양랭면의 국물은 소고기를 끓인 것이 아니라 소뼈와 힘줄, 허파, 기레, 통팥, 천엽 등을 푹 끓여……(〈통일문학〉

2006년 2월호, 성문호의 글)'라는 전혀 색다른 육수 배합이 전통으로 소개되고 있다.

한국의 냉면집에서 소주 반주를 하다보면 꼭 듣는 말이 있다. 선주후면이다. 기생집의 풍속이라는 둥, 일제강점기 일본의 메밀국수 먹는 관습이 전해지는 것이라는 둥 말이 많았다. 이에 대해 북한 잡지는 이렇게 설명하고 있다.

'선주후면이란 자리에 앉으면 먼저 술을 들고 후에 국수를 먹는다는 평양 고유 소감을 한문투로 옮긴 것이다. 선주후면은 평양을 중심으로 하는 관서지방에서 우리 선조들이 귀한 손님에게 적용하는 식사법이다. 성격이 강직하고 용맹한 평양 사람들은 연한 술을 마시는 남도 사람들과 달리 독한 술을 즐겨 마시었다……'

정리가 된다. 평양냉면은 이북의 음식이지만, 우리 민족의 자랑거리라고 할 수 있다. 남한에서도 즐겨 먹은 지 100년이 넘었다. 마치 문인화나 산수화처럼 여백의 미를 살리고, 무채색의 농담濃淡으로 멋을 내는 것처럼 보인다. 흥미로운 건 여전히 냉면은 한국을 방문하는 서양인에게 '혐오음식' 상위권에 든다는 점이다. 냉면은 정말 어려운 음식임에 틀림없다.

통조림이 대세가 된
슬픈 사연

꽁치

예쁜 물고기를 들라치면 꼽히는 것은? 누구는 고등어라 하고(기름이 오른 배때기가 예쁘다고 한다. 변태인 듯), 누구는 삼치라고 한다. 한겨울 푸른 표범 무늬가 아로새겨진 싱싱한 삼치를 보면 맞는 말이다. 한치를 드는 이도 있다. 갓 잡혀 올라오는 한치의 투명한 몸!

한치와 비슷한 종인 무늬오징어는 더 아름답다(비싸고, 훨씬 맛있다). 누구는 오징어의 눈을 든다. 까맣고 겁먹은 듯한 오징어의 순결한 눈! (그래도 우린 먹는다.) 갈치의 투명한 몸통과 날카로운 이빨, 부릅뜬 눈도 빠질 수 없다. 갓 입을 벌린 굴이 명징하고도 밀도 있는 체액을 담은 채로 푸르게 번뜩이는 모양도 아름답다.

나는 꽁치를 빼놓을 수 없다. 금세라도 쏘아져 튕겨나갈 듯한 화살! 유선형의 몸체, 검은색 외투에 아래쪽의 청회색 뱃가죽, 뾰족한 입과 까만 눈은 넋을 잃고 보게 만드는 힘이 있다. 그렇다고 마트에서 꽁치가 담긴 팩을 보면서 '아니, 이런 거무죽죽한 꽁치가 뭐가 예쁘다는 거야' 하고 내 말을 씹지는 말라. 어디까지나 갓 죽었을 때의 싱싱한 꽁치를 말하는 것이니까.

아아, 뱃전에서 낚이거나 그물에 걸려 이내 숨을 거두어버리는 불쌍한 존재여. 꽁치는 낚이어 깊은 물의 심연을 닮은 몸빛을 번뜩이다가 이내 죽음의 시반을 드러낸다. 아름다움을 지속하지 못할 바에는 한시라도 빨리 그 빛을 잃게 하려는 듯이.

이제 꽁치는 낚시에 잘 걸리지 않는다. 동해와 남해를 오가며 산란과 먹이떼를 좇는 행진을 더이상 잘 보여주지 않는 까닭이다. 수온이 변했다고도 하고, 먹이의 이동에 따라 더 먼 바다로 옮겨갔다고도 한다. 무엇보다 남획이 문제라는 이도 있다. 꽁치는 제일 싼 고기다. 마트에서 세 마리를 누인 팩 하나가 2천 원이다. 저 먼 남중국해에서 타이완 어선이 잡은 것들이다. 잡혀서 냉동된 것들이 한국과 일본에 수입된다. 세계에서 가장 꽁치를 사랑하는 두 나라에. 좋은 꽁치를 보지 못하는 탄식은 일본이나 우리나 마찬가지다. 예전에는 꽁치를 석쇠에 굽기 어려웠다. 기름이 너무 많아 속이 익기도 전에 기름이 떨어져 타오르는 불길 때문에 생선살에 그을음이 생겨버렸던 것이다. 그래서 우리 어머니들은 석쇠를 올렸다 내렸다 하며 수동으로 높이 조절을 했다. 처음 숯불을 일굴 때는 부채질을 세게 해서 화륵화륵 불땀이 좋게 한다. 숯이 발갛게 변하면 꽁치를 올리는데, 처음에는 부채질을 해서 겉을 익힌다. 그리고 천천히 높이를 조절하며(순전히 손으로) 속까지 익혀내는 것이다.

가을 꽁치! 뱃살이 두툼해서 구워서 접시에 올린 후 다 먹고 나면, 접시에 기름이 깔려 흥건할 지경이었다. (믿어지지 않는다.) 요즘 꽁치는 메말라서, 잘라낸 살이 입천장을 찌른다. 꽁치를 별명으로 삼는 개그맨이 있는데 이건 당대에서나 허용될 말이다. 기름이 제대로 오른 나이 찬 꽁치는 배가 두툼해서 고등어랑 착각할 정도라고 한다. (이건 좀 심한 비약이다.) 기름을 짜면 꽁치 살을 튀길 양이 된다고 한다. (물론 과장이다.)
꽁치를 구울 때, 껍질이 불을 제대로 받아 불규칙하게 융기하는데, 이렇게 구우면 껍질이 바삭하다. 껍질이 살에서 떼어져 그 자체로 구워지기 때문이다. 이 껍질을 떼어 술 한잔을 받아서 안주로 하면!

천천히 껍질을 먹고는, 젓가락으로 등살을 집는다. 참치라면 '아까미'라고 부를 수 있는 검붉은 살에 속한다. 철분이 많아 맛이 짙고 기름기가 적어서 담백하다. 굵은 소금이 함께 바삭, 하고 씹힐 때 몸서리가 쳐진다. 그다음에 뱃살이다. 산란철이고 뱃가죽이 부푼 놈이면 암놈이다. 이런 경우는 내장을 후벼서 알이 들었는지 본다. 꽁치알은 수가 적다. 그런데도 매년 엄청난 개체수가 되는 꽁치의 생명력은 무엇인가.

담백하고 고소하다. 일본에는 이 알만 모아서 담그는 젓갈도 있다. 술 도둑이다. 알이 없는 수놈은 내장 자체의 맛이 있다. 씁쓸한 맛이 입맛을 당긴다. 이 맛을 아느냐 모르느냐가 어른과 아이를 가르는 기준이다. 큰 꽁치 한 마리면 내장만으로도 작은 술 한 병을 비울 것 같다. 꽁치 내장으로 담근 젓갈을 '산마노 우루카'라고 하여서 선술집에서 인기를 끈다. 일본에서는 꽁치 맏물이 나오는 9월이면 주점가에서는 약간의 흥분감이 돈다. '산마(꽁치)'의 계절인 것이다. 회로, 구이로 먹는다. 더러는 초회를 만들어서 오시즈시▼를 만들기도 한다. 꽁치가 횟감이 되는 건, 유통과정이 좋기 때문이다. 주로 낚시로 잡아서 재빨리 항구로 이동한 후 냉장 유통해야 가능하다.

▼ 손으로 쥐는 도쿄식의 니기리 스시가 아니라, 곽에 넣은 밥에 생선을 올려서 눌러 굳힌 것을 썰어내는 것.

꽁치 살을 바르는 법이 있다. 한 손으로 꽁치 대가리를 누르고 등뼈를 대가리에서 뚝 분질러내듯 젓가락으로 들어낸 후 곧게 떠낸다. 등뼈의 무늬가 그대로 음각으로 새겨진 아래쪽 살점들이 드러난다. 이때는 이미 꽁치의 맛이 반감된다. 꽁치 기름기에 접시 아래쪽 면은 잠기어 껍질의 바삭한 맛이 사라져버렸기 때문이다. 기름도 식어서 산뜻하지 않다. 이런 얘기를 했더니, 어떤 형이 반대 의견을 냈다. 오히려 기름에 절여진 듯 축축한 아래쪽 살점이 더 맛있다는 것이었다. 마치 생선 카르파초에 질 좋은 올리브유를 듬뿍 뿌려 먹는 느낌과 비슷하지 않느냐는. 나는 고개를 끄덕였다. 그것이 꽁치에 대한 예의라는 생각이 들어서였다.

강원도나 울릉도에서는 '손꽁치'라는 원시 어로가 있었다. 처음 이 얘기를 속초에서 들었을 때 나는 어떤 신비로움에 사로잡혔다. 꽁치가 물가의 해조나 해초류에 알을 슬려는 것은, 어미의 속성이다. 꽁치알을 잘 붙여주고 또 잘 감춰주니까. 그 속성을 이용하여 배를 바다로 내고, 해조를 매달아 유인하여 손으로 꽁치를 잡는 것이다. 산란철의 꽁치는 오직 알에만 집중하므로 조금 조심성이 없어진다. 배가 있는데도 우선 급한 사정이니 알을 슬고 만다. 이때 그야말로 손으로 잡아도 될 만큼 꽁치의 움직임이 둔해지는 것이다. 이 얘기를 해준 속초 사람은 이렇게 묘사했다.

"꽁치를 손으로 슬며시 뜨면 손아귀에 들어오는데, 그 살아 있는 촉감이 아주 묘해. 고기는 포유류처럼 몸이 뜨겁지 않지. 바닷물 온도 정도랄까. 그것이 꿈틀대는 느낌이 지금도 간질간질하네."

꽁치는 보통 그물로 잡는다. 비싼 고기가 아니니 낚시를 하기도 뭣하고 그물을 내려서 잡는다. 쳐둔 그물에 꽁치는 제 속력을 줄이지 못하고 처박힌다. 이때 아가미가 걸려서 오도 가도 못한다. 걷어올린 그물은 멸치를 털 듯 털어내기도 한다.

울진의 바닷가는 대게로 먹고산다. 대게가 아니면 행세를 못한다. 대게도 금어기이던 어느 쓸쓸한 날, 그 바다를 찾았다. 한 늙은 어부가 꽁치를 손질하고 있었다. 그걸로 경단처럼 만든 요리를 해준다고 한다. 꽁치를 넣은 국수도 삶았다. 예전부터 울진 어부들이 먹던 음식이란다. 요즘은? "그냥 라면이나 끓여먹지." 손 가고 품 드는 일은 이제 어디든 잘하지 않는다. 흥도 나지 않으리라. 오직 돈 되는 대게만 바라보며, 어촌은 강퍅해졌다. 그는 밥 한 술에 검은색의 젓갈을 얹어서 먹었다. 꽁치 젓갈이었다. 겨울 동해안은 이제 수입이든 직접 잡은 꽁치든 배를 갈라서 과메기를 만드는 게 큰일이 되었다. 큰 공장도 들어섰다. 심지어 구룡포에는 과메기박물관도 생겼다.

꽁치를 소금 많이 넣어서 절인 후 삭히면 등 푸른 생선 특유의 감칠맛이 돈다. 멸치젓보다 풍성하고 더 기름지다. 생선이 크기 때문이다. 그 젓갈로 버무린 김치도 맛있다. 어부가 검은 손으로 술잔을 들어 넘겼다. 목울대가 유난히 크게 움직였다.

꽁치 젓갈은 인터넷으로도 살 수 있다. 가을에 기름 오른 꽁치로는 오히려 젓갈을 담글 수 없다. 냄새가 난다. 오히려 봄에 잡은 마른 꽁치가 가을에 출하된다. 울진 봉산마을이 유명하다. 경상도식 진한 김장을 담글 때 쓸 수 있다. 등 푸른 생선 특유의 강한 감칠맛이 있다. 김장말고도 겉절이도 해 먹고, 돼지고기를 볶을 때도 슬쩍 넣으면 맛이 강해진다.

꽁치는 한때 생선통조림의 대명사였다. 등 푸른 생선이 그렇듯이 빨리 상하기 때문에 산지에서 바로 통조림 가공하는 게 유리했다. 값도 싼 생선이니까. 등 푸른 생선 3대 통조림이 있다. 고등어, 꽁치, 정어리다. 이 세 가지가 서로 흔했다 귀했다 하면서 통조림의 시장 판도가 변했다. 한때는 꽁치가 안 잡혀서 정어리가 많았다. 이제 정어리 통조림은 일본에나 가면 발견할 수 있고, 고급 제품으로 팔린다. 안 잡히니까. 정어리 통조림을 나도 많이 먹었는데 기억이 잘 안 난다. 그때는 고등어 대용품이었던 것 같다. 정어리를 넣고 고등어통조림이라고 속여 팔았다고 통조림 회사가 검찰의 수사를 받았다. 지금은 고등어통조림 열 개를 줘도 정어리통조림 하나와 바꿀 수 없으리라.

시내에 다니다가 배가 고파서 밥집에 들렀다. 메뉴판에 '꽁치김치찌개'라고 쓰고, 통조림이 아니라고 해설을 해놨다. 그러니까, 우리가 먹는 꽁치김치찌개는 거의 통조림이라는 얘기다. 그게 오히려 맛있다는 축도 있다. '마이너'한 조리법이 메이저가 되기도 한다. 꽁치김치찌개나 그것보다 더 진한 꽁치김치조림은 당연히 생꽁치가 원조다. 그것이 귀해지니 통조림을 쓴 거다. 그러다가 대세가 됐다. 처음부터 통조림으로 먹기 시작한 사람에게는 생꽁치를 쓰면 더 맛이 없다고 느낄 테지. 맛이란 그런 것인지도 모르겠다. 설탕과 미원을 왕창 넣고(이미 통조림에는 미원이 꽤 들어 있다) 조린 꽁치김치 요리는 아마도 이 시대를 상징하는 맛이다. 찌그러진 양은 냄비의 신화 같은 것.

꽁치로 샌드위치를 해 먹어도 맛있다. 꽁치 포를 떠서 구운 후 양파를 슬라이스해서 얹은 후 바게트나 치아바타에 끼워넣

어 먹는다. 비릴 것 같은데, 의외로 맛이 좋다. 이거 파는 집은
아직 못 봤는데, 좋은 아이템이 될지도. 어쩌면 통조림 꽁치를
넣어서 만드는 이가 나타날지도 모르겠다.

도마에 놓고
탕탕 내려쳐야
잘 잘려

낙지

요즘 유행하는 말로 '인생 ○○'이라는 게 있다. 인생 사진, 인생 여행, 인생 술집……. 인생 음식도 있겠다. 해물로만 꼽아보자면 매물도의 자연산 홍합, 고흥의 노랑가오리, 그리고 낙지도 있다. 무려 낙지미역국이다.

군대 다녀와서 이리저리 떠돌 때 어쩌다가 전남 해안 도시에 왔다. 며칠을 아는 이도 없는 마을에서 해 지는 걸 보다가 읍내에 나왔다. 술이 고팠다. 보해소주를 서너 병 비웠을까, 아주머니가 병어회를 썰다 말고 '속 버린다'고 한 대접 퍼준 게 낙지미역국이었다. 두툼한 낙지가 툭툭 토막 쳐 들어간, 소고기도 안 넣었는데 뽀얀 국물이 두꺼웠다. 미역과 낙지를 씹다가 술김에 왜 서러웠는지 혼자 엉엉 울었다.

"어째쓰까이. 뭐시 서러워서 운당가."

술집 아짐은 영문도 모른 채 혼자 중얼거렸다. 늘 그런 사내가 있었던 것처럼, 지나가는 말투였다. 그러고는 집에 돌아왔다. 어머니가 보고 싶었다.

고무다라이라고 부르는, 함지에 낙지를 가득 넣어두고 사람을 부르던 노점상들. 그때는 정말 어떤 아저씨들은 함지 앞에 서서 낙지 두어 마리를 손으로 집어다가 그대로 씹어 먹어버리던 패기의 시대였다. 살자고, 낙지도 안간힘이어서 다리를 어떻게든 버티느라 남자들의 얼굴에 찰싹 붙여 용을 쓰게 마련이었다. 힘이 얼마나 센지, 나무젓가락으로 산낙지를 집어들었다가 부러지기도 한다는 '뺑'이 있는 생물. 어쨌든 그런 낙지가 용을 쓰면 그게 더 재밌다는 듯, 사내들은 '찌익 찍' 뺨에 붙은 다리를 떼어서 입으로 수습해버리곤 했다. 그렇게 먹는 일이 이젠 드물다. 다른 것도 아니고 아마도 낙지가 비싸서 그런 것 같다.

무안이 한때 낙지의 천국이었다. 개펄이 정말 좋았다. 요즘은 이런저런 사정으로 옛날만 못하다. 누구는 오염 탓이라고 하고,

누구는 개체수가 줄어서 그렇다고 한다. 먼바다에서 들어오는 길목을 치고, 배가 낙지를 사그리 잡아들여 그렇다고도 한다. 중국 배가 그런다고도 한다. 우리의 낙지 먹는 살림이 줄어든 것은 맞다. 낙지가 귀하다.

예전엔 새벽 노량진수산시장에 가면, 동쪽 입구에 위판도 없이 파는 조개류와 낙지가 쌓였었다. 철사에 일고여덟 마리가 무게에 따라 코가 꿰어 단위도 '한 코 두 코'로 팔리는 낙지들. 손으로 눌러보며 아직 신경이 살아 있다고 '기절낙지'라고 부르는 상인도 있었다.

무안만큼은 아니지만, 함평군도 낙지도 유명하다. 개펄이 좋으니까 당연한 일이다. 물때를 보고는 함평군 손불면의 한성재 씨가 장비를 꾸린다. 갯벌 장화를 신고 스쿠터의 페달을 밟는다. 어장까지 금방이다. 바다가 어디 있는지 모르겠다. 현실감 없는 모래진흙 밭과 펄이 널리 펼쳐 있다. 중간에 갯고랑에서 아직 물이 빠지고 있고, 썰물에 미처 못 나간 꽃게 몇 마리가 버둥거린다. 간혹 떠내려온 굴 양식장비가 물 빠진 갯벌에 박혀 있다. 마침 몰려온 중국 미세먼지와 안개가 갯벌에 자욱하다. SF 영화를 찍어도 될 풍경이다. 한씨가 이마에 손차양을 만들어 붙이며 바다를 본다. 오늘 조황을 가늠하는 것일까. 낙지잡이 밭인데,

우리가 간 곳은 '된등'이었다. 더 치밀하고 고운 펄이 '진창'이고 모래가 많이 섞여 있어서 발이 덜 빠지지만 낙지는 덜 잡히는 곳이 된등이다. 나 같은 인간이 따라가면 진창에선 사고 난다.

언젠가 굴 따러 서해안 천북에 갔다가 갯벌에 발이 빠지는데, 죽을 것 같은 공포가 일었다. 누군가 펄 밑에서 내 발을 천천히 끌어당기는 느낌이 들 때가 있다. 갑자기 뇌에서 공포 유발 물질을 분사한다. 이것이 바로 공황장애의 증상이기도 하다. 실제적 공포가 아닌데, 뇌 시스템이 살짝 고장나서 공포로 인지하는 일. 여하튼 여기서도 같은 경험을 치르긴 했다. 살살 달래서 빠져나오긴 했지만.

낙지의 생애는 아직 다 알려지지 않았다. 『자산어보』에 기록이 있는 걸 보면, 오래전부터 친숙했고 많이 먹었다.

'큰 놈은 4~5자 정도, 즐겨 진흙탕 구멍 속에 들고, 겨울에는 틀어박혀 구멍 속에 새끼를 낳는다. 새끼는 어미를 먹는다.'

마지막 문장은 충격적이다. 맞다. 부화한 새끼들은 어미를 먹으면서 대를 잇는다. 낙지는 고작 1년생이다. 어차피 죽는 육신, 새끼에게 주는 셈이다. 한데 대개 암낙지는 교미 후에 수컷 낙지를 먹기도 한다. 또는 교미에 실패해도 힘이 센 놈 쪽에서 약한 놈을 먹는다. 특이한 생태를 가진 녀석들이다. 낙지가 내주는 살맛의 엄숙함을 다시 생각한다.

"낙지도 금어기가 있제. 함평군은 6월 20일부터 7월 20일까지고. 한겨울에는 겨울잠 자는 낙지가 있응게 조업을 안 해. 그러니 가을이 낙지의 제철은 맞제. 봄 낙지는 물물이(차례로) 떨어지고, 가을 낙지는 물물이 올라간다고 해."

한씨가 삽과 아이스박스를 들고 펄을 가로지른다. 따라잡을 수 없는 빠른 속도다. 펄의 전체 지형을 보고, 끊임없이 이동하면서 낙지 구멍을 살핀다. 그를 따라가다가 두 번이나 펄에 깊이 박혔다. 빠져나오려 할수록 장화 신은 발이 꿈쩍을 안 한다. 수렁이다. 그는 마치 '물위를 걷는 사람'처럼 사뿐사뿐 움직인다. 이것이 50년 공력이다.

낙지잡이 '선수'들은 우선 '부럿'이라고 부르는 낙지 숨구멍을 찾는다. 게나 쏙, 조개가 만드는 구멍과는 다르다. 부럿을 찾으면 발로 슬슬 주변의 펄을 밟아본다. 낙지가 숨죽이고 있는 자리는 공간이 생겨서 물이 찬다. 그러면 낙지의 은신처를 정확하게 파악한 후 삽질을 시작한다. 낙지잡이 전용 삽도 있다. 보통 삽과 비슷한데 날이 훨씬 작다. 빠르게 빽빽한 펄을 파기에 적합하다. 언젠가 일본 농어업박람회를 갔는데, 딱 낙지 잡기 좋게 생긴 작은 삽이 있었다. 한씨 생각이 나서 사 오고 싶었는데, 이 것도 쇠붙이라 기내 반입이 안 될 것이고, 이런저런 핑계로 포 기했던 적이 있다. 그렇게 한씨를 따라간 그날 나의 동행은 감 동이 있었다. 삽을 쥔 그의 팔뚝의 혈관이 아직도 망막에 또렷 하다.

한씨는 그의 나이가 믿기지 않게 힘차고 빠른 속도로 펄을 파 들어간다. 깊은 건 50~60센티미터 정도까지. 삽날은 보통 70, 80회 내외까지 판다. 낙지가 도망갈 길을 막고, 다치지 않게 삽 날을 넣어야 한다. 상처를 입으면 낙지의 상품 가치가 없다. 희 한하게도, 막 들이치는 삽날에도 낙지 다리가 잘리거나 하지 않 는다.

"막하는 것 같아도 다 계산이 있어. 오래하면 다 터득하는 것 이제."

옛날에는 배로 낙지를 싹쓸이하는 어업이 없어서, 갯벌에도 훨씬 개체수가 많았다. 그때는 그냥 숨구멍을 보고 맨손을 쑥 넣어서 낙지를 잡았다.

"낙지가 욕심이 많고 힘이 세. 긔(게)와 새우, 조개를 먹으니까 맛이 좋고. 머리가 좋아서 꾀도 많아."

문어 머리 좋은 건 다들 아실 터. 낙지도 다르지 않을 것이다. 그래서 낙지와 신경전이 드세다. 낙지잡이 삽질을 할 때 갑자기 낙지가 엄청난 속도를 보일 때가 있다. 이때는 낙지가 머리를 써서 물이 들어오는 펄 밑으로 도망가려고 하는 순간이다. 물이 차버리면 낙지가 보이지 않아 놓친다.

그의 그날 작업량은 열다섯 마리. 도매가가 5~6천 원 선. 삼 사십 마리 잡아야 돈이 되겠다. 날씨에 따라 못 나가는 날도 많고, 한 달에 보름은 물때 안 맞아 어차피 못한다. 금어기에다가 작업을 안 하는 겨울을 제외하면 실 조업일이 그리 많지 않기 때문이다.

낙지는 보통 봄가을 두 번 부화한다고 한다. 봄에 낳은 녀석들이 더위를 피해 바다에 나갔다가 가을에 갯벌로 돌아온다. 엄청나게 먹어서 몸을 불린다. 그리고 짝짓기를 하고 알을 낳는다. 보통 세발낙지란 것도 이른 봄과 이른 가을에 있다. 흔히 세발낙지를 품종으로 아는 이들이 있다. 사실과 다르다. 세발낙지는 그냥 '어린 낙지'를 말한다. 그가 이날 잡은 낙지에는 세발과 중간 크기의 낙지가 섞여 있었다. 아직 대낙지가 나오기 전이었다. 가을이 깊어지면 대낙지가 나오고, 이것이 가격이 좋다.

세발낙지는 보통 회로 먹는다. 볶아먹는 건 큰 놈이 좋다. 한씨가 시범을 보인다. 낙지 머리와 다리 사이에 나무젓가락을 넣어서 고정시킨 후 다리를 돌돌 감아서 한입에 넣고 꼭꼭 씹는다.

"탕탕이라고 하는 건 좀 큰 낙지를 회로 먹는 방법이제. 도마에 놓고 탕탕 내려쳐야 잘 잘려, 낙지란 놈이. 그래서 탕탕이라고 불러."

역시 시범을 보인다. 탕탕, 칼날로 내려치는 소리가 크다. 기름소금에 고춧가루를 약간 타서 만든 장에 찍어먹는다. 초장은 안 쓴다.

낙지의 유통과정은 상당히 복잡하다. 잡히는 방법이 다양하다보니, 각기 유통구조를 가지고 있다. 게다가 수입되는 물량도 많다. 국산과 수입, 냉동과 냉장, 활 낙지와 죽은 낙지. 여기서 각 유통구조가 그물처럼 얽혀 있다. 그러니, 당신이 오늘 먹는 낙지가 어떻게 접시에 올라갔는지 알기 어렵다. 식당마다 모두 '뻘낙지'를 내세우지만, 액면대로 믿기 힘들다. 기절낙지라는 것도 원래는 전라도 지역에서 산 낙지에 소금을 문질러 기절시킨 후 상에 올리는 요리법인데, 최근에는 죽었지만 신경이 살아 있어서 아직 꿈틀거리는 낙지를 파는 방법으로도 통용된다.

낙지를 잡는 법은 다채롭다. 한씨처럼 삽을 쓰거나, 아니면 호미로 판다. 낚시도 하고 주낙도 쓴다. 맨손으로 원시 어업을 하기도 한다. 낙지 구멍을 막아 숨을 쉬러 나온 낙지를 '줍는' 경우도 있다. 밤에 횃불을 켜고 잡는다 하여 '홰낙지'도 있다. 좀 먼 바다에서 갯벌로 돌아오는 낙지를 그물로도 잡는다. 뭐니 뭐니 해도 맨손으로 갯벌에서 작업하는 걸 최고로 친다. 낙지 선도가 좋고 어획량도 꽤 된다. 갯벌이 오염되고 면적이 줄면서 전체적으로 갯벌 낙지의 생산량은 하락세다. 소비가 늘면서 더욱 귀해진 느낌도 있다.

　낙지가 많이 나는 남도의 사람들은 해산 후에도 낙지를 먹었다. 미역국을 끓이되, 귀한 소고기 대신 낙지를 넣었다. 낙지는 다채로운 용도로 쓰였다. 터덜터덜 갯벌에 나가서 쓱쓱 캐면 나오는 식재료였다. 기운 잃은 소에게 먹였다는 말도 사실이다. 산에서 너삼을 캐서 낙지를 넣고 끓여 여물로 먹였다. 힘든 시절을 여러모로 견디게 해준 고마운 존재다.

　생각난 김에 한성재씨에게 다시 전화를 걸어야겠다. 아, 그러자면 멋진 낙지잡이 삽을 선물로 준비해야 할 텐데.

우리를 위로할
단 하나의
생선회

광어

　　　　　　　그림 형제의 동화 중에 아동 학대 혐
의가 있어서 출판되지 못한 글들이 있다는 소문이 돌았다. 나도
그 얘기를 들은 바가 있었다. 해적판이 있다는 말도 있었다. 운
이 좋으면 헌책방에서 득템을 할 수도 있다고도 한다. 지난여름,
베를린의 마우어 벼룩시장에 갔다. 허름한 옷을 입은 늙수그레
한 아저씨가 낡은 책을 몇 권 놓고 팔고 있었다. 권당 5유로. 내
가 한 권을 집어들고 뒤적거렸다. (독일어라 한 줄도 이해할 수 없
었다. 데아데스템덴디데아데스디.) 그때 아저씨가 말했다.

　"사지도 않을 책을 들고 뒤적거리기만 하면 나는 뭘 먹고 살

겠는가?"(이 독일어는 잘 들렸다. 왜냐하면 아저씨는 몹시 화가 나서 보디랭귀지가 격렬했기 때문이었다.)

하는 수 없이 책을 샀다. 그러고는 번역기를 돌려서 책을 읽어보았다. 다음은 그 책의 비밀스러운 번역본이다.

옛날에 지독하게 부모님 말 안 듣는 한스가 있었다. 부모님이 화가 나서 저주를 퍼부었다. 불과 몇 살 먹지도 않은 한스에게 말이다.

"한스! 넌 평생 중2병에 걸려 있을 거야!"

중2병. 세상에서 이보다 불치의 병은 없었다. 부모님의 저주를 들은 녀석은 더욱 화가 났다.

"확 비뚤어져버릴 거야!"

놀랍게도 그 말을 마치자마자 정말로 녀석이 비뚤어지기 시작했다. 좌우대칭이던 몸이 한쪽으로 기울어갔다. 없던 배가 생겨서 더러운 바닥에 닿았다. 배 쪽에 있던 눈이 더러운 바닥을 보고 살기 싫었던지 등짝으로 올라왔다. 눈 두 개가 서로 붙었다. 부모님은 몸이 이상하게 바뀐 한스를 아들이라고 부를 수 없었다. 너는 이상하고 미친 녀석이니 앞으로 광어라고 부르마! 그렇게 광어狂魚라는 신종 어류가 생겼다.

농담인 줄은 다 아시겠지. 광어의 원래 말은 넙치다. 넓다고 하여 광어廣魚다. 유생일 때는 눈이 양쪽에 붙어 있다가 자라면서 한쪽으로 쏠린다. 색깔 있는 등쪽이다. 그러면서 몸도 좌우대칭이 아니라 위아래로 바뀐다. 광어는 움직임이 적다. 모랫바닥에 납작 엎드려서 등쪽에 붙은 두 눈으로 천적을 감시한다. 그리고 느리다. 그래서 위장을 잘한다. 바위나 모래 색깔로 위장하고 엎드린다. 광어가 양식 어종의 선두주자가 된 것은 그 유순한 성질 때문이다. 앞의 농담처럼 괴팍하지 않다. 움직임도 적어서 사료 효율도 높다. 양식 광어회가 싼 이유다.

일찍이 『양철북』에서 끔찍한 장어 같은 고기를 즐겨 다루던 귄터 그라스가 『넙치』라는 이상한 소설을 쓰지 않을 리 없었다. 소설사에 이처럼 기괴하고 놀라운 소설은 드물 것이다. 인류보다 더 오래 살아온 넙치가 법정에서 온갖 유머와 요설, 장광설을 하는 얘기니까 말이다. 일독을 권한다. 물론 초장 바른 광어회는 안 나온다.

농담을 하다보니, 광어에게는 참 미안하다. 세상에서 제일 조용한 고기인데, 괜히 광어狂魚니 어쩌니 말도 안 되는 말을 떠벌렸다. 광어가 횟감의 왕이 된 것은 녀석 특유의 성격 때문이지만 맛도 좋아서다. 여러분은 어떻게 생각하는지 모르지만, 양식한

170

광어는 거의 버터 먹여 기른 것 같다. 기름지기가 이를 데 없다. 광어는 먹이를 기름으로 바꾸는 특별한 능력을 갖추고 있는 것 같다. 내 배와 흡사하다. 그냥 단백질을 먹어도 지방으로 변환시키는 신묘한 기능을 갖고 있는 듯하다. 기름진 광어회는 혓바닥에 척척 붙는다. 기름기가 넘쳐서 본드 바르는 것처럼 붙는다.

광어는 게다가 잘 상하지도 않는다. 도미랑 광어랑 회를 떠 와서 깜빡하고 그다음날 밤이 됐다고 치자. 도미는 안 먹는 게 좋지만 광어는 문제가 전혀 없다. 위생적으로 포를 떠서 포장한 놈이라면. 잘 상하지 않으니까 이자카야 같은 곳에서도 사랑받는다. 횟집이야 대개 즉석 활어회를 치니까 숙성이고 뭐고 없지만, 이자카야나 일식집은 떠놓은 포가 있게 마련이다. 하루쯤 두어도 그걸 '숙성'이라고 부를 정도라면 얼마나 사랑받는 고기이겠는가.

더구나 싸기까지 하다. 남쪽 바다는 물론, 동해안에서도 양식한다. 옛날에 강원도에서 회를 시켰더니 태풍도 없었는데 접시에 광어와 우럭만 있는 경우도 있었다. 내가 얼마나 바보로 보였으면 그랬을까 싶다. 그때는 다른 데서 날라 온 횟감이었겠지만, 이제는 동해안산도 있다. 뭐, 깨끗한 바닷물을 퍼올려 육상에서 양식할 수 있으니까 어디든 장소가 문제되지 않는 것이다. 양식이 상대적으로 어렵지 않고, 성격 순하시고, 맛도 좋고, 가격도 싸니 광어가 아주 만만하게 보이기 시작한 것이다.

제주도에 가면 육상에서 기르는 광어 양식장이 꽤 있다. 바다는 파도가 세서 가두리 양식을 못하니까 바다에서 가까운 땅에 양식장을 짓는다. 까만 비닐을 덮어쓰고 있어서 무얼 기르는지 알기 어렵다. 안에 들어가면 너무도 조용해서 이곳이 양식장인지 알아챌 수 없다. 수조가 지어져 있는데, 녀석들은 맑은 물 안에서 조용히 바닥에 누워 있다. 등을 대고 누운 게 아니니까 엎드려 있다고 해야 하나.

"일본에서 아주 인기가 좋아요. 맛도 좋고 값도 좋으니까. 이 녀석이 얼마나 순하냐면 잘 재워서 비행기로 싣고 가면 미국 뉴욕까지 산 채로 간다니까요."

마취용 침이나 가스를 쓰는 걸 양식업자는 이렇게 말했다. 무얼 쓰건 광어가 여북하니까 거기까지 조용히 가는 것 아니겠는가. 고등어를 그렇게 해서 싣고 간다는 말을 못 들어봤으니까.

원래 광어야말로 금싸라기 고기(였)다. 그물질로 잡을 수 있는 고등어나 전어도 아니고, 이 녀석들은 대체로 낚시를 써야 잡는 고기였다. 봄에 광어가 몸이 근질근질해서 서해안을 들쑤시고 다닐 때는 광어 낚시가 흔하다. 낚시꾼들의 '뻥'은 원래 아주 유명하다. 옛날에는 스마트폰도 없고, 어탁魚拓을 떠놓지 않는 한 고기 크기를 알 수 없었다. 대개 자신의 뇌의 한 부분에 저장해

두었다가 입을 사용하여 술자리에서 재생시키는 게 그들의 특기다. 문제는 재생이 거듭될수록 고기의 크기가 커진다는 점이다. 처음 "이따만한" 하고 하면서 팔뚝을 휘두르던 크기가 나중에는 "빨래판보다 조금 더 컸다"고 하며, 종국에는 "애들 두엇 태우고 다녀도 될 정도로 컸다"가 어떤 경우에는 "선장이 옆에 고기를 세우고 사진을 찍자고 했는데 그 양반 어깨에 주둥이가 닿더라"는 데까지 간다. 빨래판만하다는 건 애교에 속한다. 물론 스마트폰을 쓴다 해도 확대 과장은 가능하다. 가능한 광각으로, 고기를 최대한 몸 앞쪽으로 내밀고 찍으면 실제 크기보다 두 배쯤 커 보인다.

빨래판만한 광어는 실제로 있다. 큰 건 1미터 가까이 자란 것도 본 적이 있다. 물론 자연산이다. 양식은 최대 크기로 키우기까지 효율이 적고, 그러다가 덜컥 죽기라도 하면 낭패이니 적당한 크기가 되면 내다 판다.

봄 광어는 대부분 맛이 없다. 산란하려고 서해안을 슬슬 돌아다니다가 심지어 그물에도 걸리는 게 봄 광어다. 대체로 5월부터 6월까지 광어가 잘 잡힌다. 이 무렵, 서울 어디를 다니다가 '자연산 광어 입하' 어쩌구 쓰여 있는 게 그다지 매력적이지 않다는 건 선수들은 안다. 이때 수산시장에 가면 자연산 광어가 흔하다. 얼마나 큰지 멀리서 보면 수산시장에 보트가 둥둥 떠다니는 것 같다. 실제로 별맛이 없는 경우가 많다. 산란철에는 살이 부실하기 때문이다. 알 스느라고 기운이 다 빠져버린 탓이다.

　광어 고르는 법이라고 검색하면 '지느러미 쪽 살을 집어봐서 두툼하면 좋다'고 나와 있다. 이건 틀림없이 수산시장 아저씨가 쓴 글이다. 실제로 우리 같은 호구가 수산시장에 가서 그런 숨겨진 기술을 구사할 수 없다는 걸 아는 이가 썼다는 말이다. 자, 당신이 수산시장 활어골목에 가서 광어를 사러 갔다고 치자. 거의 헤드록을 걸거나 허리띠를 잡지만 않았다 뿐이지 악착같이 당신을 유혹하는 '삐끼'들을 피해서 원하는 집을 찾아갈 수나 있겠는가. 원하는 집이 어딘지도 사실 모르지만. 누군가를 따라가다보면 딱 5초 만에 저울에 올라가 있는 광어와 우럭을 보면서 지갑을 열게 될 것이니까. 여차여차해서 어느 집에 가서, 광어 몸통의 살밥이 두툼한지, 지느러미 쪽을 손으로 잡아서 고개를 *끄떡*일 수나 있을까. 아닌 말로 마음씨 착하고 욕심 적은 아저씨가 나를 살살 다뤄주기를 비는 게 더 나을 것이다.

　오늘도 나는 귀갓길 길목에서 '광어 한 접시 9,900원' 같은 문구에 유혹당한다. 저 한 접시가 우리의 기대를 저버리고 손바닥만한 걸 뜻한다는 걸 알고 있으면서도. 아니면, 내가 주문을 하

면 틀림없이 "아이쿠 그건 막 떨어졌습니다요"라는 말을 듣게
될 것임을 알면서도. 어찌되었든 광어가 이토록 싼 것은 한국
양식업 기술을 보여주는 상징이다. 많이들 드시라. 그래도 우리
를 위로할 생선회가 광어 빼면 또 뭐가 있겠는가. 더구나 그 맛
이 자연산이고 뭐고 혀에 살살 녹는 맛이니 얼마나 다행인가.

너는 출세한 것이냐
아니면
타락한 것이냐

고등어

한국 사람의 몸을 분석하면, 3할이 옥수수라는 말이 있다. 그것을 옥수수의 형태로 직접 먹는 경우는 드물다. 그러나 사람이 먹는 각종 가공품의 원료로, 또 동물의 사료로 옥수수가 쓰이면서 '옥수수 지수'라는 말도 만들어냈다. 우리가 어제 먹은 치킨도, 소고깃국도 알고 보면 옥수수로 말미암은 것이라니.

그런 식으로 내가 먹고 자란 생선으로 한정하면, 아마도 고등어가 8할이 아닐까. 자반으로든 통조림으로든 고등어가 제일 만만한 생선이었다. 왕년에 유행했던 생선들은 다 세대교체중이다. 밴댕이며 준치며 정어리는 아예 보기도 힘들어졌다. 명태는 전량 외국 바다에서 온다. 그나마 고등어 정도가 꿋꿋하게 '국산'의 이름을 달고 시장에 나온다. 물 건너와서 패션이 다른, 줄무늬 선명한 노르웨이산이 흔해졌으나 고등어만큼은 그런대로 잡히고 밥상에 올라온다.

한때 고등어스파게티를 많이 팔았다. 인터넷에 '박찬일'을 검색하면 '고등어스파게티'가 연관검색어로 뜬 적도 있다. 이탈리아의 가난한 사람들이 먹는, 어쩌면 '걸인의 파스타'라고 할 그것이 서울에서 내가 일하던 고급 레스토랑에 팔리는 일 자체가 나로서는 조금 황당했다. 언젠가 배우 아무개씨가 청담동의 내 레스토랑에서 화를 낸 적이 있다. 고등어스파게티가 다 떨어졌다고 말이다. 그건 일종의 소극이었다. 잘 차려입은 패션 피플이 겨우 고등어스파게티를 먹네 마네 하는 일이 이미 흥미로운 상황이었다. 이탈리아 사람들이, 온갖 명품을 입고 하얀 식탁보를 깔아놓고 코스 요리로 한식을 먹는다면서 고추장 떡볶이를 올려놓고 음미하는 장면을 상상하면 얼추 맞다.

고등어는 꼭 총알이나 대포알처럼 생겼다. 유선형의 미끈한 몸매다. 바다를 누비는 우사인 볼트다. 이탈리아의 고등어는 좀 작아서 총알 정도다. 통통하고 미끈하며, 아주 잘 빠졌다. 한국 고등어와 비슷하되, 기름이 적어서 살이 더 홀쭉하다. 한국 바다보다 더 따뜻하기 때문일 것이다. 이탈리아의 고등어는 영롱한 무지개빛이다. 어시장에서 녀석들을 만나면 어찌나 싱싱하게 햇살을 반사하는지, 피부를 보다가 눈이 시어질 지경이다. 동이 트면 로마나 시칠리아, 나폴리 같은 바닷가 어시장에는 어부들이 작은 배를 몰고 들어온다. 지중해에서 갓 잡은 고기를 내다파는 것이다. 고등어 상자를 든 어부들은 표정이 어둡다. 고급 어종을 건지지 못했기 때문이다. 고등어는 맨 마지막까지 어시장의 좌판을 지키다가 겨우 팔려나간다. 식당에서도 잘 사 가지 않는, 버림받은 존재 같은 거다. 한국에서 고등어스파게티를 맛보곤, 본고장의 맛을 보겠다고 이탈리아의 식당에서도 찾던 수많은 한국인들의 좌절에는 이유가 있었다.

"아휴, 그런 걸 어떻게 팔아?" "그게 뭐 재료가 돼?" 이런 반응을 얻게 된다. 그냥 배고픈 이들이 해 먹는, 아니 손질하기 쉽지 않아서 만들기도 귀찮은 스파게티. 마늘이나 한쪽 넣고 포 떠낸 고등어 살을 볶아서 삶은 스파게티에 소금간 맞춰서 버무려 먹는 서민 음식. 그것이 한국에서 크게 출세해서 거친 테라코타 접시 대신 하얀색의 여백 넓은 '누벨 퀴진' 접시에 담겨 팔릴 줄이야 누가 알았을까.

고등어스파게티는 유기농 뭐뭐 하는 고급 면도, 달걀로 만든 신선한 수제 면도, '아티장ᵃʳᵗⁱˢᵃⁿ' 면도 어울리지 않는다. 그냥 마트에서 한 봉지에 2천 원쯤 하는 싸구려를 골라서 만들어야 한다. 그게 제격이다. 시장에서 먼저 고등어를 사야지. 고등어는 빨리 상하는 등 푸른 생선이다. 그래서 새벽장이 좋다. 새벽에, 밤새 남쪽에서 아이스박스에 담겨 건너온 녀석들은 아직 싱싱하다. 이 녀석들이 낮이 되어 시장의 좌판 플라스틱 채반에 얹혀 서너 시간을 지나면 몸이 유연해진다.

고등어에게 유연성이란, 안됐지만 필요 없는 덕목이다. 몸매가 짱짱하고, 고개를 빳빳하게 쳐든 녀석들이라야 신선한 것. 꼬리를 잡아도 대가리가 쳐지지 않고 꼿꼿하게 들리는 녀석이라야 신선하다. 그것을 사서 곧바로 포를 떠서 뼈를 발라내고 토막을 친 후 올리브유와 타임 서너 줄기에 재워서 냉장하는 게 좋다. 팬에 오일을 두르고 마늘을 한쪽 구워서 향을 피워올리면 살점을 넣고 볶는다. 어떻게? 그냥 볶는다. 마음대로 볶는다. 생선살이므로 금세 익는다. 화이트와인을 조금 떨어뜨리고 불을 끈다. 그게 전부다. 면을 삶아 소금을 치고, 고등어에 합치고, 다시 신선한 올리브유 서너 숟갈 뿌려서 버무리면 끝나는 요리다. 이렇게 단순하고 싼 음식을 팔고 돈을 받는 건 나의 오랜 불편이었다.

고등어는 가장 미천한 생선이라고 유럽 사람들은 말한다. 만

우절을 고등어에 비유하기도 한다. 그때 즈음 고등어가 잘 잡히기도 하는데, 멍청한 물고기의 대명사가 되기도 하는 것이다. '바보fool 물고기', '에이프릴 풀 April fool' 즉 만우절이란 뜻으로 해석하기도 한다. 왜 그런지 프랑스에서는 여자를 속이는 남자라는 뜻도 있다. 겉만 번드르르한 모양 때문일까. 한편 싸구려 생선이면서도 유럽에 미식의 정점에 있기도 하다.

특히 스페인산 훈제 고등어는 환상적인 맛으로 알려져 있다. 바르셀로나 같은 대도시의 고급 구어메 상점에 가면, 너도밤나무로 훈제한 걸 올리브유에 재워 판다. 명품으로 잘 차려입은 스페인 사모님들이 이것을 사 간다. 프랑스 혁명 전에도 고등어가 고급 요리였던 적이 있었나보다. 18세기의 프랑스 요리의 왕 안토닌 카렘은 귀족 손님을 위해 바닷가재소스의 고등어 요리를 만들었다. 그렇다. 가재가 소스였다!

이제 한국에서 고등어가 제법 고급 요리 행세를 한다. 고등어 값이 오르기도 했다. 그래서 어떤 친구들은 깡통 고등어를 쓴다. 그것도 재주다. 한 요리사가 내게 와서 물었다. 유명한 어떤 요리 선생에게서 컨설팅을 받는데, 깡통 고등어로 스파게티를 해서 팔고 있다고. 장사가 잘 안 되는데 어떻게 할까요, 라고. 나의 대답은 한마디였다.

"새벽에 시장에 나가서 반짝이는 고등어 피부를 보고 오세요. 그래도 깡통을 팔고 싶으면 그렇게 하세요."

이미 우리 수산물 산업에 어부의 낭만 같은 것은 없다. 생존, 기계화, 산업화 같은 이름으로 대체되었다. 연근해에 고기가 줄어들어 더 깊고 먼 바다로, 더 큰 배로 잡으러 간다. 운반선이 정기적으로 다니면서 잡은 고등어를 가지고 항구로 돌아오고, 선단을 이룬 배들은 빛을 환하게 밝히고 장기간 조업하면서 연신 고등어를 몬다. 듣기로, 오징어나 갈치는 빛을 좋아하는 성질을 이용하고, 고등어는 빛을 싫어하는 성질을 이용하여 잡는다고 한다. 고등어떼에 빛을 비추면 불빛이 싫어서 고등어잡이 모선의 커다란 밑바닥 쪽으로 피해 들어간다는 믿거나 말거나 얘기가 있다. 망망대해에 피할 곳이 거기밖에 없으니까. 이때 그물을 쳐서 고기를 잡는다는 것이다.

시중에 고등어가 거의 보이지 않고, 있더라도 냉동일 때가 있다. 바로 월명기라고, 달이 밝은 보름쯤에는 고등어잡이가 잘 안된다. 달이 밝아 고기를 모는 불빛의 효율이 떨어지기 때문이다. 고등어 요리를 파는 사람들은 이 시기를 알고 메뉴를 정한다.

고등어는 배를 가르면, 속이 빨갛다. 붉은 근육은 우리가 배운

대로 속도를 유발한다. 우사인 볼트처럼 빠르고 총알처럼 움직인다. 많이 먹고 끊임없이 이동하면서 에너지를 소모한다. 어쩌면, 비효율적인 물고기다. 넙치처럼 가만히 있으면 먹이도 조금 먹어도 되고, 에너지도 적게 쓸 텐데 말이지. 고등어는 내내 빠르게 헤엄친다. 이런 녀석을 회로 먹자고 양식을 한다. 빠른 속도로 달리지 않으면 죽는 숙명, 그래서 고등어회를 파는 횟집의 수조는 사각이 아니라 둥그렇다. 천형처럼 수족관을 돌아야 죽지 않기 때문이다. 사각형의 수조에 가둬두면, 고등어는 힘껏 추진해서 앞으로 달리다가 몸을 유리벽에 부딪는다. 그래서 회전목마처럼, 죽임을 당하는 순간까지 둥그런 수조에서 그렇게 돌고 돈다.

제주도에 가니, 이런 양식 고등어회를 파는 집이 인기다. 양식이니 개체가 작고 어리다. 배에 기름이 오르지 않아 맛이 덜하다. 게다가 좁은 수족관 생활에 스트레스를 받았는지, 껍질에 상처가 있는 녀석도 있다. 살아 있는 것이니 선도는 좋겠지만, 깊은 맛은 없다. 너무 어린 고등어이기 때문이다.

고등어가 비싸지니 인심도 달라진다. 신사동에 '대풍식당'이라고, 고등어를 무한리필하는 식당이 있었다. 부엌을 흘긋 보았다가 크게 놀란 적이 있다. 얼마나 장사가 잘되는지, 제법 큰 부엌 바닥에 고등어를 부려놓았는데, 거짓말 안 보태고 사람이 고등어떼에 갇혀 있는 형국이었다. 아줌마 공깃밥 추가요! 외치면 아줌마가 소리를 질렀다. 알았어요, 조금만 기다려요. 그 소리가 고등어떼에 갇혀 멀리서 공명이 일어났다. 요리사가 고등어 배를 따다가 칼을 놓치면 일을 할 수 없었다. 칼을 다시 찾자면, 저 고등어로 이루어진 심해의 바닥을 뒤져야 하는데 그게 가능한 일이겠는가. 농담이지만 그 정도로 싸고 흔한 고등어를 팔았다는 말씀이다. 아마도 하루 수백 마리를 팔았을 것이다. 작은 고등어였는데, 사오십 마리가 든 한 상자에 5~6천 원 하던 때였다. 거의 '똥값'이던 시절이었다. 지금은 크고 싱싱한 놈은 시장에서 상자가 아니라 마리당 5~6천 원 한다. 최근 아무개 백화점에 갔더니 아주 크고 실한 놈이 있어서 가격표를 봤다. 눈을 씻었다. 2만 원. 옆에 놓인 포 떠놓은 광어 한 접시가 1만 9천 원이었다.

고등어는 자반으로 사랑받는 고기이기도 하다. 아시다시피 경상북도 내륙이 원조다. 그쪽 해안에서 잡히는 고등어는 두 가지 갈래가 있다. 하나는 울진에서 출발해서 봉화, 영주로 이어지는 고등어 루트다. 다른 하나는 영덕에서 출발해서 영양, 임하, 안동으로 이어지는 루트다. 흥미로운 건 영양은 경북 내륙인데도 자반을 별로 먹지 않고 생고등어를 좋아하는 문화다. 영양까지는 고등어가 상하지 않았기 때문이다. 그러다가 임하쯤 가면

상할 위험이 있으니까 소금을 쳐서 운송했다. 물론 안동까지 가자면 먼길이었고, 당연히 자반이 됐다. 지리적 조건에 의해 음식 문화가 달라지는 것이다.

자반고등어로 찌개나 조림을 하기도 한다. 흥미로운 건, 버터를 넣고 요리해보라는 거다. 버터와 파마산 치즈의 조합에 맛술을 조금 넣어도 좋다. 맛은 설명을 안 해줄 테다.

허기질 때 나는 무를 넣고, 고등어를 툭툭 썰어 넣고 자박자박하게 끓인 조림을 먹고 싶다. 나는 '생조당' 당원이다. 생선조림당이라고, 실제 존재하는 당이다. 주변 친구 몇몇이 당원이다. 조림이라면 병어나 갈치가 비싸고 윗길이라 생각하겠으나, 고등어라도 좋다. 기름 자르르 흐르는 뱃살을 슬슬 떠내어 입에 넣으면, 살살 녹아버리는 그런 고등어조림. 두툼하게 깐 무에서 즙이 나와서 칼칼한 살에 쌈박하게 배어든 그런 조림. 굵게 빻은 향기로운 고춧가루를 술술 뿌리고, 대파를 듬뿍 얹어서 찌그러진 냄비에 조린 그런 조림.

싸고 양 많은 미덕이 있던 생선조림의 법도는 사라지고, 이제는 식당에서 한 냄비에 5만 원을 받는다. 아닌 게 아니라, 이탈리아 '생존' 파스타 격인 고등어스파게티가 강남 최고급 식당에서 서브되는 세상이기도 하니. 고등어여 너는 출세한 것이냐 아니면 타락한 것이냐.

갓 포장을 벗긴
알루미늄 포일 같은,
아니 거울 같은

갈치

원래 갈치는 칼치였다고 한다. 칼처럼 생겨서 그렇다. 베일 것 같다. 실제 베인다. 살아 있는 놈은 흉기이고, 죽은 놈은 반 흉기다. 등지느러미가 날카로워서 손을 베이기 딱 좋다. 심심하게 조리면 갈치이고, 경상도식으로 칼칼하게 조리면 '칼치'라고도 한다. 농담이다.

갈치의 일본어도 칼을 뜻한다. '太刀魚'라고 쓴다. 중국인들은 '帶魚'라고 쓴다. 허리띠 같은 고기라는 뜻이다. 같은 사물을 이렇게도 볼 수 있다. 허리띠 고기라. 아닌 게 아니라 큰 갈치를 잡으면 허리를 둘러도 될 만하다. 옛 관복의 허리띠가 연상된다.

갈치는 마릿수가 늘어나는 재미와 손맛이 있어서 낚시꾼들도 꽤 있다. 낚싯꾼들의 로망인 돔을 낚지 않더라도 비교적 잘 낚이는 이런 고기에 맛들인 부류들이 있는 것이다. 갈치는 특이하게도 길이보다 폭을 가지고 크기를 분류한다. 낚시꾼들이 흔히 그런다. 2지(指)니 3지(指)니 한다. 손가락 길이가 아니라 폭을 뜻한다. 갈치가 5지쯤 되면 제법 대물이다. 손바닥 폭만큼 되기 때문이다. 우리가 사 먹는 갈치 중에 이 정도 크기는 5만 원은 줘야 할 것이다. 남대문 갈치조림집에 가면 당연히 2~3지 정도에 해당하는 놈을 쓴다. 9천 원짜리 백반에 5지를 어떻게 쓰나.

더러 싼 갈치조림에 5지짜리가 나온다면 99.9퍼센트 순도 높은 아프리카산이다. 세네갈이라고, 들어보셨을 거다. 현역 시인이었던 상고르를 초대 대통령을 뽑았던 그 나라 앞바다에서 잡은 것이다. 세네갈 갈치를 먹을 때는 조심해야 한다. 이 갈치의 뼈가 얼마나 무섭고 날카롭고 단단한지 모르니까. 목구멍에 걸렸다가는 그대로 살결을 찢어버릴 정도다. 대학 응급실에서 일하는 후배가 한번은 생선 가시가 목에 박혀 온 사람을 치료했는데, 내시경으로 보고는 처음에 낚싯바늘인 줄 알았다고 한다.

세네갈산이 아닌 5지, 7지짜리 국산 갈치를 2만 원 받는 조림이나 구이로 내줬다면 간첩으로 오인받을 수 있다. 옛날 간첩 식별 요령에는 그런 게 있었다. 구두에 흙이 묻어 있으며 버스

요금을 모르는 사람, 담뱃값을 모르며 지나치게 싼값에 물건을 파는 사람! 물정과 달리 환심을 사는 행동을 하는 것이니 간첩일 수도 있다는 것이다. 이런 간첩 식별 요령 때문에 우리나라 장사치들은 더 지독해졌다. 싸게 팔면 잡혀가니까.

갈치는 한때 정말 쌌다. 왜냐하면 가난한 우리집 반찬에 무시로 올라왔기 때문이다. 엄마는 싼 게 아니면 절대 밥상에 올리지 않았다. 그래서 민어나 도미는 한 번도 못 먹어봤다. 오징어, 꽁치, 정어리, 청어, 생태와 동태, 갈치, 고등어, 양미리, 도루묵이 우리집 생선 반찬의 단골이었다. 믿어지지 않으시겠지. 겨울에 기름 좌르륵 오른 꽁치와 생태, 도루묵, 갈치가 쌌다니 말이다.

갈치는 젓가락 훈련에 최고의 반찬이기도 했다. 난방도 연탄, 요리도 연탄에 하던 시절이었다. 날씨가 추울 때는 당연히 아궁이에 연탄을 땐다. 거기에 석쇠를 올리고 굵은 소금 훌훌 뿌려서 짭짤하게 갈치를 굽는다. 날씨가 아직 더워서 불을 때기 전에는 진흙으로 구워서 파는 이동형 연탄화덕을 마당에 내어놓고 구웠다. 부채로 살랑살랑 연기를 피워가면서 말이다. 그때 서울의 집들은 대개 방을 많이 넣기 위해서 '미음ㅁ'자 모양이 흔했다. 그런 마당에서 생선을 구우려면 용기(?)가 필요했다. 하얗게 피어나는 갈치 굽는 연기가 좀 심하며, 그 냄새 또한 좀 강렬한가. 물론 기름기 많은 고등어나 꽁치보다는 훨씬 덜하지만.

그래도 갈치를 구울 수 있었던 건, 그때는 그 생선이 쌌으니까 별 허물이 안 되었으리라. 그 시절 갈치는 요즘 보는 반짝거리는 은갈치가 아니었으리라. 비늘이 다 벗겨져서 회색으로 보이는 먹갈치였던 것 같다. 종자가 다른 건 아니다. 낚시로 잡아서 비늘이 안 다치게 조심조심 다루어 내놓으면 은갈치, 그물로 잡아서 은분(비늘)이 벗겨져 회색을 띠면 먹갈치라고 한다.

목포에서 갈치 낚싯배를 탄 적이 있다. 낚시를 하든, 그냥 밤바다를 구경하며 라면을 끓여먹든 아무도 신경 안 쓰는 그런 관광 낚시였다. 전문 꾼들이 붙는 낚싯배는 분위기가 살벌하다. 승부사들이기 때문이다. 포인트를 찾아 이동하는 선장도 신경이 날카로워지고, 돈 냈으니 포인트 잘 잡아달라는 무언의 압력을 넣으며 꾼들은 꾼들대로 이맛살을 찌푸리고 있는 게 전문 낚싯배다.

이런 배는 타면 재미가 없다. 왜? 나는 손맛 같은 데 관심이 없고, 그냥 누가 낚은 걸 먹는 재미로 아는 사람이다. 그렇게 갈치 낚싯배를 탔다. 남들은 미끼를 손질한다, 어쩐다 하고 있을 때 나는 선실 안에 들어가서 잤다. 이불도 있다. 그러다가 소란

190

스러워 밖을 내다보니 이런 장관이 있나! 달빛이 교교한데, 낚싯대에 번쩍이는 불들이 매달려 하늘로 치솟는 게 아닌가. 바로 갈치였다. 얼굴이 비칠 듯한, 갓 포장을 벗긴 알루미늄 포일, 아니 거울 같은 비늘의 은갈치! 갈치는 오직 낚싯대에 매달려 있으면서 이미 생명의 마지막 순간에 가까이 다다르게 되는데, 거무스름한 내장이 비칠 듯 크리스털 같은 몸뚱아리가 퍼뜩인다.

갈치는 꾼들의 쿨러 안에서 목숨을 거둔다. 천천히 몸 빛깔을 조금씩 어둡게 바꾸면서. 잠시 다른 포인트를 찾아 이동할 때나 얼추 쿨러가 묵직해지면 갈치는 선상에서 회가 된다. 선장님이 잘 벼린 칼날로 회를 뜨는데, 족보도 없는 칼솜씨이건만 속도와 효율 하나는 끝내준다. 갈치 살점이 척척 발라져 접시에 오르고, 나는 그저 나무젓가락을 딱, 하고 갈라서 깔아둔 김치를 지분거리며 횟감을 기다리면 된다. 회 맛이야 어떻게 설명할 것인가. 탄탄하게 씹히다가 이내 녹아버리는, 갈치가 먹은 온갖 바다 생물의 맛이 응축된 살점이 혀에 축축하게 젖는다.

갈치는 다른 고기처럼 수평이동하면서 헤엄치지 않고 수평선과 거의 수직 방향으로 이동한다. 해마처럼. 배에 올라온 갈치 대가리를 자세히 들여다본다. 원시적 종의 기원을 떠올리게 하는 사나운 마스크, 날카로운 이빨이 늑대를 닮은 고기다. 물리면 손가락이 달아난다.

　지중해에서도 갈치가 제법 잡힌다. 우리나라 갈치보다 이빨이 훨씬 굵고 몸통도 크다. 등지느러미가 좀 노랗다. 시칠리아의 북동쪽 제2의 도시, 카타니아 어시장을 라 페세리아la pesceria라고 부른다. 시칠리아 사투리로 피스카리아piscaria라고도 부른다. 고유명사는 아니고, 생선 시장이라는 뜻이다. 이 시장에는 엄청난 양의 생선이 팔리고, 선도도 대단하다. 멸치와 정어리, 고등어, 스캄피라고 부르는 새우, 붉은 지중해 새우, 서대, 송어, 오징어와 문어 같은 것들이 좌판에 가득 깔렸다. 시칠리아로 여행 가면 반드시 들러야 할 필수 코스다.

　이곳에 장을 보러 갈 때가 종종 있었는데, 갈치가 제법 있었다. 최홍만의 손바닥 폭만한, 7지는 될 듯한 엄청난 크기도 있었다. 갈치는 사람고기를 먹는다는 풍문이 있어서 더 무섭게 느껴지던 고기. 살점이 단단하되, 한국산처럼 단맛은 적다. 어쨌든 나는 20년 전에 이걸 소금 쳐 구워먹으면서 고통스러운 이국생활을 견뎌냈다. 가게에서 매일처럼 주는 파스타라면 이가 갈렸으니까.

한번은 웃기는 일도 있었다. 그 시칠리아의 주방장이 나의 초청으로 한국으로 온 것이 5년 전인가 그랬다. 내가 일하는 식당에서 이른바 갈라 디너를 했다. 새벽에 노량진에서 장을 보는데, 그가 한 바퀴 돌더니 이랬다.

"에피타이저는 고등어랑 갈치로 하지. 아주 물이 좋고 양이 많구나."

그런데 문제가 있었다. 두 생선의 가격이 금값이었다. 외국서 온 주방장이 하자니 군소리 없이 왕창 샀다. 나중에 디너가 다 끝나고 재료비가 50퍼센트가 넘었다고 했더니 눈을 동그랗게 뜨는 거다. 아니, 왜 그렇게 많이 나왔어? 주방장이 갈치랑 고등어를 쓰자고 했잖아요. 그게 왜? 한국에선 얼마나 비싸다구요. 맘마미아, 난 재료비 줄인다고 일부러 고른 생선인데. 한국에선 넙치가 갈치보다 싸요. 맘마미아.

어쨌든 한국 갈치는 맛있다. 그래서 비싸다.

겨울날의 맛

껍질이 없는
거의 유일한
과일

딸기

예전엔 늦봄부터 시장 과일전이 대단했다. 딸기로 시작해서 자두가 나오면 여름이구나 했다. 딸기는 그 향이 얼마나 진했는지 벌이 몰려들었다. 시장 파리를 없애려면 딸기 상자를 놔두면 된다고 했다. 벌이 몰려들어 파리가 도망간다는 얘기였다. 그때는 노지 딸기여서 딸기 살이 무르고 향이 더 진했던 것 같다. 이제 딸기의 철은 도망갔다. 언젠가부터 딸기 제철이 헷갈린다. 11월이 '제철'이라는 신문 기사도 보았다. 아닌 게 아니라 맞을 수도 있다. 매년 호텔에서 딸기축제 같은 판촉행사를 하는데 보통 3월이던 것이 이제는 1월에 몰렸다.

"시설 재배는 11월부터 3, 4월까지 출하됩니다. 노지는 5, 6월에 나올 테고요. 초촉성재배라고, 훨씬 더 빨리 촉성, 그러니까 촉진해서 키우는 품종과 기술이 나와서 그래요."

안면도 유일의 딸기농장 주인 정광훈씨의 말이다.

따뜻한 늦봄, 시장 과일 가게 입구에 난무하던 딸기 향이 사라진 건 역시 그 때문이었던 것인가. 축제철에 대학생들이 삼삼오오 모여서 치르던 서울 근교의 '딸기팅'이 없어진 것도. (딸기밭에서 치르던 미팅을 딸기팅이라고 불렀다. 딸기에 막걸리를 마시면서 미팅을 했다니.) 어쨌든 그럼 딸기 제철의 결론은 없는 것인가.

과일이라고 해서 그저 단맛 올리는 더운 날씨가 최고가 아니다. 기온의 흐름을 탄다. 더울 때 덥더라도 추울 땐 추워야 한다. 딸기는 더운 걸 싫어한다. 생육기간과 품종에 따라 달라지지만 밤에는 5.5도 낮에도 23도 정도 유지하는 게 최적이다. 마냥 덥다고 좋은 게 아니다. 그 특성을 이용한 게 바로 한겨울 출하다.

딸기는 3월로 접어들면 신맛이 도드라지기 시작한다. 날씨가 더워지면 더 시어진다. 더우면 달아질 것이라는 우리의 상식을 깬다. 그래서 3월 딸기의 맛은 덜한 편이다. 하우스 안에 에어컨을 돌릴 수는 없으니까. 대신 생산량은 상당히 많아서 값은 떨어지는 경우가 많다.

이곳 농장 입구에는 순한 개 한 마리가 지키고 있다. 그 이름은 '딸구'다. 농장 이름도 '딸구네'다. 서울과 경기 일원에서 아이들을 데리고 체험 방문을 많이 온다. 요금을 내고 실컷 딸기를 따 먹고, 일정량을 가져갈 수 있다.

"딸기는 대부분 농약을 적게 치고, 치더라도 햇빛 받으면 다 증발합니다. 그래서 딸기는 씻지 않고 먹는 게 최고지요. 씻으면 수용성 비타민이 유실됩니다."

그를 따라 딸기를 따서 바로 그냥 먹었다. 달콤한 기운이 입 안 가득 퍼진다. 오랫동안 잊고 있던 딸기의 그 향이다. 그의 말에 따르면, 딸기 먹는 법도 따로 있다고 한다.

딸기는 보통 세로축으로 긴 편인데, 세로로 자르는 게 좋다. 아래쪽과 위쪽의 산도와 당도가 다르기 때문이다. 과일은 두 개성의 균형으로 맛을 낸다. 무조건 달다고 좋은 게 아니다. 위쪽은 달고 아래쪽은 좀 시다. 그래서 세로로 자르는 게 좋다는 것이다. 두툼한 줄기와 하늘하늘한 이파리가 달린 배추김치를 쭉쭉 찢어먹으면 맛있는 것과 비슷한 이치다. 참고로 배추의 위아래는 염도와 양념의 침투가 다르다. 세로 썰기는 입에서 맛의 균형을 이룬다. 과연, 더 풍부한 맛을 느낄 수 있다.

"녹색 꼭지 안쪽은 대개 색이 흰 편인데, 안 익은 부분이라고 버리는 경우가 많죠. 그런데 그쪽에 영양분이 더 많아요."

몰랐던 사실이다. 꼭지만 살짝 떼어낸 후 그대로 세로로 갈라 먹는 게 좋겠다.

이곳에서 자라는 딸기의 품종은 설향이다. 국내 지배적 품종이다. 70퍼센트를 웃돈다. 몇 년 전만 해도 육보니 장희 같은 것들이 많았는데 많이 밀렸다. 육보가 히트했던 건 단단한 과육 때문이었다. 딸기는 물러지는 것이 최대의 적이다. 다른 과일과 달리 껍질이 없어서 연한 살점이 쉽게 상처를 받고 물러지기 때문이다. 육보는 단단한 살점이 어필했다. 그러나 대개 늦게 출하되는 편이라, 조기 출하 붐에 밀려서 점차 시장을 잃어갔다. 대신 4월에도 많이 출하하고 당도도 있는 편이라 그 시점 시장에서 인기가 있다. 육보는 일본계 품종이기도 하다.

농촌진흥청 등의 국내 육종 보급을 담당하는 관청에서 국산 품종 개발에 열심이다. 웹사이트에 재배 매뉴얼을 올리고 교육도 한다. 지속적으로 품종을 내고 있다. 지금은 엄청 크고 당도도 높은 품종을 내놓고 곧 농가 분양에 들어간다고 한다.

향후 몇 년 사이에 지금과는 전혀 다른 딸기 재배 지형이 생길지도 모른다. 전국 딸기는 충청도와 경남의 생산량 몫이 다수를 차지한다. 충청도는 논산, 경남은 진주 쪽이 주산지다. 딸기

농사는 잠깐 치르는 것 같지만 1년 내내 고행이다. 묘도 내야 하고, 토양도 관리해야 한다. 본격적으로 밭에 심은 후에는 병충해도 막아야 하고, 솎아내기와 수정 등 온갖 일이 기다리고 있다.

"하루종일 딸기에 매달려 지냅니다. 새벽 일찍 수확을 해야 하는데, 선도 유지 때문에 그래요. 딸기는 더운 걸 싫어합니다. 체온도 영향을 줘요. 그래서 장갑을 끼고 일해야 하지요."

여린 과육과 줄기가 상징하듯 예민한 과일이다. 보통 우리가 먹는 딸기는 70~80퍼센트 정도 익었을 때 출하한다. 완전히 익혀 출하하면 유통중에 물러지기 때문에 상품 가치가 낮아진다. 아직 붉은 기운이 모자란 딸기가 산지에서 포장된다. 완전히 익은 딸기가 역시 더 맛있는 건 당연한 일. 이때는 산지 직거래를 통하는 게 좋다. 가급적 많이 익힌 것을 별도 주문할 수도 있다. 시중에서 눈으로 보고 완숙 후 출하된 것을 구별할 방법은 없다. 출하 후 하루이틀이면 자연스럽게 짙은 붉은색으로 바뀌기 때문이다.

하우스 안에 벌통 뚜껑을 열었더니 바로 벌이 달려든다. 아무래도 쏘일 것 같다. 아니나 다를까, 한 놈이 기어이 주인의 이마를 공격하고 자진自盡한다. 다 저희들 살자고 이렇게 목숨을 걸고 공격을 하니 순직이며 전사다. 미물일지언정 그 속은 간단치

201

않다.

"벌이 수정을 합니다. 한 시즌이 끝나면 상당수 벌이 죽어요. 수정 일이 힘들어서 그렇지요. 농약에 민감한 벌이 살 정도니까 딸기는 농약 안심해도 된다는 말도 있지요."

딸기는 늘 시장에서 악전고투한다. 겨울에는 귤과 오렌지랑 좁은 시장을 두고 경쟁해야 한다. 귤 철이 끝나도 형제들인 레드향, 한라봉 등이 계속 나오고 수입 과일도 지천이다. 딸기가 좀 행세하려면 딸기 맛이 좀 빠지는 늦봄이 된다. 그러다가 하우스 재배하는 여름 과일들이 일찌감치 나온다. 짓는 농사가 대개 겹치니 고생한 데 비해 작물값이 낮을 수밖에 없다. 인구 감소와 경기 침체도 과일 소비에 큰 영향을 주고 있다.

구입한 딸기는 빨리 먹기보다 하루쯤 서늘한 데서 숙성한 후 단시간 차갑게 하여 먹는 게 좋다. 설향 등의 품종은 냉기를 쐬면 신맛이 두드러지게 느껴지기도 한다. 딸기는 숙성해서 맛이 좋아지는 과일이 아니라고 알려져 있는데, 꼭 그렇지도 않다. 딸기 상태를 봐가며 상온에서 익히거나, 냉장고에 며칠 놓아두면 맛이 한결 부드러워지고 신맛이 중화되는 걸 느낄 수 있다.

그저 우리는
많이 먹어둘
일이다

굴

제철이 너무 앞당겨진다. 미디어와 성미 급한 사람들 때문이다. 오지도 않은 멸치로 기사가 나오고, 익지 않은 감 아래서 입을 벌린다. 과메기는 '얼었다 녹았다' 하며 말린다는데, 영상의 날씨가 이어지는 11월에 제철 뉴스가 나온다. 그러나 현장은 거짓말을 하지 않는다. 익어야 익은 것이다. 직접 가보고 전문가적 안목으로 해석해야 한다. 그리고 즐기면 된다. 진짜는 기다려야 온다.

내가 일하는 식당에서는 12월까지 굴을 팔지 않는다. 하지만 굴은 11월부터 시중에 많이 깔린다. 국내 최대 생산지인 통영

경매장에서는 10월에 초매식初賣式을 한다. 사람들은 자신의 처지로 날씨를 헤아린다. 1월이면 아주 춥다. 그러나 바다가 차가워지려면 시간이 그보다 더 걸린다.

　충청남도 서산시 앞바다. 물때가 이른 날이다. 아침 일찍 마을 주민들이 서두른다. 9시 40분. 아낙들 일이다. 전원 갯벌에 투입. 손에 든 '장비'가 이색적이다. 낡은 전기밥솥에 줄을 매달았다. 여기에 캔 굴을 넣는다. 가볍고 튼튼해서 좋단다. 굴을 캐가지고 올 그물망도 있다. 무엇보다 '조새'라고 부르는 도구가 눈에 든다. 길이 20센티미터가량의 나무자루에 반원형의 쇠날이 붙어 있다. 섬재기라고 부른다. 섬재기 한쪽으로 굴 껍데기를 까고 안에 든 통통하고 뽀얀 굴을 꺼내는 일은 자루 아래 붙어 있는 7센티미터가량의 방우새다. 갯벌의 굴을 캐는 데 최적화되었다. 우리 민속 농어기구에 들어간다.
　여담인데, 인터넷에서도 판다. 해안가 어민의 필수품이기 때문이다. 굴은 물론, 홍합도 캔다.

　너른 갯벌에 굴이 다닥다닥 붙어 있는 바위가 노출되어 있다. 바로 '석화石花'다. 꽃이 핀 것 같다. 보통 패각 반을 벗겨 파는 걸 석화라고 하는데, 정확한 표현이 아니다.

삭풍이 얼굴을 후려친다. 영하 10도인데 체감은 시베리아다. 신은 장화가 푹푹 빠져 다리를 잡아당긴다. 공포가 밀려온다. 온몸을 꽁꽁 싸맨 아낙들의 조새질이 빠르다. 허리를 온전히 굽히고 일해야 해서, 엄청난 강도의 노동이다. 이런 일이 아낙들의 허리를 아프게 한다. 물때가 짧아 부지런해야 한다. 어촌계 소속 갯벌이므로 허락된 어민만 들어가서 조업할 수 있다. 이 마을은 쉰 가구 백여 명의 주민이 산다. 굴 작업 나오는 집은 열 집이 채 안 된다. 고되고 돈이 별로 안 된다.

게다가 아낙들의 고령화로 작업 인원이 부족하다. 한 망의 굴을 까봐야 1.5킬로그램 정도의 알굴이 나온다. 도매상에 넘길 양이 못 되고, 가정에서 소비하거나 택배로 판다. 킬로그램당 1만5천 원 받는다. 썰물로 물이 빠지고 날씨가 추워서 굴이 얼었다. 그래도 죽진 않는다. 다시 물이 차면 살아난다. 굴은 생명력이 아주 강하다.

굴은 다채로운 방법으로 자란다. 생산량이 가장 많은 남해안은 대개 수하식이 많다. 줄에 매달아 물 아래 내리는 방법이다. 양껏 물속의 먹이를 먹고 자라 크고 통통하다. 서해안과 가까운 남해안에서는 수하식도 하고 투석식이나 송지식을 한다. 투석식은 갯벌에 돌을 던져두고 거기 굴 종패를 붙이는 것이다. 송지식은 소나무 말뚝을 박아두고 역시 종패 붙여 기르는 방식이다. 어느 굴이나 자연산과 양식을 가르기 애매하다. 사람이 얼마나 개입하느냐의 차이다. 이 마을은 투석식과 송지식, 완전 자연산이 혼재되어 있다. 종패를 일부러 붙이지는 않는다. 그러니 거의 자연산과 마찬가지라고 마을 사람은 말한다.

굴로 돈 만들 궁리가 강하면 종패도 붙이고, 큰 돌도 갯벌에 부려두고 하게 된다. 이곳은 '방치'한다. 큰돈이 못 되기 때문이기도 하다.

물때 따라 잠겼다 드러났다 반복하니 굴이 잘다. 대신 맛의 집중도가 높다. 통영과 고성 등의 남해 굴은 우유를 품은 듯 입안을 꽉 채우는 풍성한 밀도가 있는 반면, 여기 굴은 감칠맛이 쿡쿡 찌르고 다닌다. 색깔도 좀 다르다. 굴알의 뱃구레가 노랗고 날개가 까맣다. 감장굴(검정굴)이라 하는데, 보기에도 침이 넘어간다.

굴 살집이 좀 큰 건 3, 4년생이라고 한다. 1년생은 작아서 안 딴다. 1년생을 주로 내다파는 남해안 굴과는 비교된다. 확실히 남해안은 산업의 성격이 강하고, 서해안의 갯벌 굴은 어민들의 겨울 잔돈벌이 느낌이다.

이 마을은 굴 양이 적어서 따로 '박신장▼'을 운영하지 않는다. 조새로 현장에서 바로 따오거나, 통굴을 껍질째 가져온 후 집에서 알굴을 깐다.

언젠가 통영에서 박신장 취재를 한 적이 있다. 수십 명의 지역 아낙들이 모여 굴 껍데기를 까는데 손이 보이지 않을 정도로 빨랐다. 이른바 '도급'이어서 많이 깔수록 일당이 많다. 깐 굴 기준으로 킬로그램당 3천 원이 채 안 됐다. 굴값이 싸기 때문에 노동 비용도 싸게 지불된다.

우리나라는 세계에서 굴값이 제일 싼 나라다. 게다가 깐 굴이 아주 싸게 유통된다. 유럽이나 미국에서 굴 한 접시 시키는 건 부자나 가능하다. 굴 아홉 개 놓고 30, 40달러씩 받는다. 굴 자체도 비싸지만, 까는 노동 비용을 높게 치기 때문이다. 굴의 축복이랄까, 그저 우리는 많이 먹어둘 일이다.

서해안의 굴 중에 천북이 아주 유명하다. 축제까지 연다. 굴이 모자라 다른 데서 가져다 팔 정도다. 천북의 굴 중에 아주 독특한 것이 있다. 이른바 '굴밭'이다. 송지식으로 굴을 붙여보다가

▼ 딴 통굴에서 알굴을 꺼내는 작업장.

폐기하다시피 한 곳에서 스스로 굴이 자라 거대한 밭을 이룬 경우다. 바다 위 바위에 굴이 자라서 죽고, 그 껍데기가 쌓이고, 또 쌓이기를 반복하다가 아예 거대한 굴밭이 된 것이다. 굴 스스로 자라서 새끼 치고 동네를 만든 셈이다. 눈물겨운 굴의 '생존사'다. 이 굴을 따서 파는 곳이 천북만에 일부 있다.

굴 물회, 서해안에서는 '굴탕'이라고 부른다. 끓이지 않은 물회인데도 '탕'이라고 부른다. 요즘은 별로 안 쓰는 말이다. 시원하고 통쾌하다. 창자 끝까지 짜릿하게 치고 내려간다. 해장으로 그만이니 이 동네 남자들이 약주깨나 하겠다. 동치미가 절정에 달하는 계절에 굴도 익는다. 그걸 서로 섞어 먹는다. 이것이 계절의 궁합이다. 배, 무, 설탕, 통깨 등을 넣어 시원하게 말아 낸다. 고흥도 굴탕이 있다. 굴을 껍데기째 오래 끓인 후 맑게 걸러서 차게 먹는다. 해장으로 그만이다.

서해안에서는 오래전부터 굴밥을 해 먹었다. 일종의 '구황음식'이었다. 쌀이 귀하던 시절, 굴 캐다가 겨울에 흔한 무를 왕창 넣고 밥을 지었다. 쌀을 아낄 수 있었다. 이것이 바로 관광상품이 된 '영양굴밥'이다. 간월도 지역의 한 식당에서 대추, 은행 등을 넣어 고급화 버전을 만들어 대박을 쳤다. 서해안 굴 산지는 어딜 가든지 비슷하게 만든다. 서산 시내에 한 식당에서 굴밥을 시켰다. 영양굴밥이긴 한데, 무를 넉넉히 투박하게 넣어 맛이 좋다. 대추가 맛을 가리므로, 미리 빼달라고 주문해도 좋겠다. 굴 말고도 서산의 여러 맛이 한꺼번에 나온다. 급랭한 암게로 담근 게장에다가 해풍에 말린 우럭에 새우젓과 두부를 넣고 끓이는 콤콤한 젓국, 지역 명물 어리굴젓도 맛나다.

떠나기 전, 이곳 부녀회장에게 굴 손질법을 물어봤다.

"민물에 담가두면 서너 시간 만에 굴이 크게 불어. 이러면 크기는 커 보이지만 맛은 없어. 바닷물로 씻는 게 최고지만 집에선 연한 소금물에 가볍게 흔들어 씻는 게 좋아요. 요리? 날굴이 최고지, 암."

역시 굴 먹을 줄 아는 분이다. 갯벌을 다시 본다. 그새 물이 차올라 사라졌다. 커다란 스크린 하나가 사라져버린 것 같다. 이가 시리게 먹던 굴 물회의 맛이 혀에 남았다.

딱 한 넘만
입을 벌리면
불을 꺼야 되제

꼬막

어렸을 적 엄마가 상에 올리는 생선은 초등학교 급식 메뉴처럼 빤했다. 서울 변두리에서 구할 수 있는 생선이 그랬기도 하거니와 저장이나 수송 기술이 발달하지 않았기 때문일 거다. 오징어, 꽁치, 고등어, 동태가 전매특허요, 간혹 양미리에 도루묵 정도였다. 엄마가 생선과 해물을 고르는 기준은 딱 하나였다.

"싸요?"

양미리와 도루묵이라면 요즘은 뭐 미식의 진객 정도로 보는 사람들이 있던데, 과거에는 말도 안 되는 소리였다. 양미리는 새끼줄 두름에 꿰어 동네 기초생활수급자 부엌에도 한두 줄씩 걸려 있을 만큼 쌌다. 엄마가 연탄아궁이에 양미리를 굽기 시작하면, 먹성 좋은 우리들조차 저녁 밥상의 황폐함을 걱정해야 했다. 양미리 굽는 냄새가 좋다고들 하는데, 천만의 말씀이다. 마치 동물의 시체 태우는 냄새 비슷한 게 났다. (당연한 얘기인가?) 뭐든 한 가지만 내리 먹으면 냄새도 고약하게 여겨지는 법. 영국의 하인들과 감옥 재소자들이 한때 "제발 랍스터 좀 그만 주시오!"라고 데모를 했을 정도니까. 진짜다. 어쨌든 전국 양미리 생산자 조합 같은 게 있으면 화가 나시겠지만, 1970년대 얘기니까 화 푸시라. 지금의 전, 양미리 좋아합니다. 홍보대사 같은 거 시켜주시면 할 용의가 있습니다.

내 친구는 강원도(개 발음에 의하면 '가언도') 출신인데, 한번 시장에 갔다가 좌판에 놓인 도루묵 가격을 보더니 입맛을 쩝 다셨다.
"야야, 이거 도루묵이 무슨 금괴냐. 엄청 비싸다, 야."
그 친구는, 도루묵은 "그냥 바께쓰로 날라다 먹는 거지 가격이란 게 없어"라고 뻥을 칠 정도로 싼 생선이라는 거다. 그렇게 따지면 왕년에 싼 생선이 한두 가지였겠나. 하여튼 싼 생선만 찾는 엄마가 해주는 조개 요리가 딱 하나 있었는데, 바로 꼬막이었다. 밥상에 꼬막이 올라오면 아, 겨울이구나 했다. 그렇다고 무슨 시식時食의 계절감에 몸을 부르르 떨었느냐면 그것도 아니다. 그냥, 엄마가 반찬 하느라 고생 좀 했네, 이 정도. 왜냐하면 그때는 부엌이 좁으니 찬거리 다듬고 준비하는 일을 부엌과 잇댄 방에서 많이 했다. 엄마가 부엌 경계를 지나 문지방 넘어 방으로 찬거리를 들고 오는 이유는 따로 있기는 했다.

하나는, 내가 이렇게 고생하니 반찬 투정 같은 거 하려면 호적을 파라. 또하나는 니네들 〈소년중앙〉 같은 거 볼 시간 있으면 엄마 좀 도와라, 이런 메시지였다. 삶은 꼬막을 양재기에 담아서 방에 들여 일일이 칼로 땄다. 꼬막은 유식한 말로 이패류二貝類라고 한다. 껍데기가 캐스터네츠처럼 두 짝이란 뜻이다. 전복 같은 건 하나이고. 그렇게 입 벌려서 따면 한쪽 껍데기는 버리고 간장양념을 뚝뚝 흘려 올리는 일이었다.

조정래 선생 소설 속 묘사에 따르면 '간간하면서 쫄깃쫄깃하고 알큰하기도 하고 배릿하기도 한' 꼬막이 밥상에 올라가는 준비였다. 요리에 있어서는 무사안일과 대충주의를 고수했던 엄마가 그렇게 정성 들여 꼬막을 요리하는 걸 보고 이상하다는 생각도 들었다. 그냥 알을 확 까서 양념간장에 버무리면 될 것을 말이다. 그렇다고 엄마가 전라도 출신도 아니었는데, 참 미스터리하다.

유추컨대, 아마도 '양이 많아 보인다'가 정답일 것이다. 만약 알을 까서 그릇에 담으면 허기진 아이들이 숟가락으로 푹푹 떠서 먹을 것이고, 금세 바닥을 드러낼 게 분명하다. 일일이 껍데기에서 까먹을 수 있어야 속도가 느려지고 반찬의 소비 속도를 완만하게 제어 가능하다, 이런 판단이었을 것이다.

게 같은 맛있는 것을 두고 어른들이 흔히 "게는 발라서 먹는 맛이야"라고 하면서, 살만 발라달라는 막내의 투정을 일언지하에 잘라버리는 것은 그런 이치일 것이다. 그 이데올로기에 전염되어 우리도 자식들에게 그 사상을 전파하고 있다. 생각해보면, 부식비 절약의 의도가 너무도 분명하다. (또는 귀차니즘을 호도하려는 수작이기도 하다. 만약 게를 까주기 시작하면 더 쉬운 삶은 밤이나 홍합 같은 것도 다 까줘야 하는데, 애초에 버릇을 그렇게 들이면 절대 안 된다.)

인터넷 검색창에 '꼬막' 두 글자만 입력해도 곧바로 '꼬막 삶는 법'이라는 문장이 자동 완성된다. 이병○만 쳐도 '이병○ 실제 키'가 뜨는 것과 같은 수준이다. 그만큼 대중에게 초미의 관심사라는 뜻이다. 또는, 꼬막을 삶는 것이 어렵다는 뜻이기도 하겠다. 우리 엄마처럼 그냥 삶아서 껍데기를 벌리겠다는 생각을 하셨다면 이제부터 안 읽으셔도 된다.

꼬막 삶을 때엔 두 가지 원칙을 지켜야 한다. 하나, 한 방향으로 젓는다. 둘, 찬물에 꼬막을 넣고 물이 끓기 전에 불을 <u>끄고</u> 조금 더 놔둔다. 간단해 보이는 이 두 가지 원칙에는 텔레비전에 나오는 셰프들이나 선보일 수 있는 엄청난 맛의 비밀이 숨어 있다.

하나는 우주의 법칙이다. 한쪽으로만 젓는다. 이건 마치 우리가 운동장 트랙 경기를 할 때 왼쪽으로만 도는 것과 같은 이치다. 무릇 우주가 정해준 물리적 법칙이 있는데, 남자는 성기가 왼쪽으로 놓여 있기에 원심력 작용으로, 트랙을 왼쪽으로 돌아야 더 좋은 기록이 나올 수 있다. 이것은 인체공학적이고 의학적이며 섬유공학적인 배려도 숨어 있다. 만약 오른쪽으로 돈다면 성기가 그쪽으로 몰릴 것이고, 그 부피를 할당하기 위해서는 더 넓은 속옷을 입어야 하므로 맵시는 물론 불필요한 섬유의 소비를 조장하게 된다. 또 왼쪽에 있던 성기가 오른쪽으로 돌아가게 되면서 속옷에 부딪히는 마찰에 의하여 성기 표면에 상처가 날 수도 있다. 그런데 만약 왼쪽으로 돌았다가 오른쪽으로 돌아야 한다고 가정해보자. 그렇게 된다면 성기는 더 많은 자극을 받게 되고, 여유 공간을 확보하기 위해 속옷 디자이너는 골머리를 잃아야 한다.

이렇듯, 꼬막도 한쪽으로만 돌려 삶아야 하는 대원칙이 확보

된 것이다. 그런데 꼬막 더미의 암수를 우리가 헤아릴 순 없으므로, 그저 '한쪽 방향으로만 줄창' 저어주면 된다.

한쪽으로 돌리면, 꼬막의 살이 한쪽 껍데기로 몰리게 되는데, 이렇게 해야 나중에 껍데기 한쪽을 까서 간장을 뿌리기도 좋고, 살을 발라내더라도 깔끔하게 나오기 때문이다. 여기까지가 꼬막 삶는 법의 첫번째 원칙이다.

두번째는 찬물에 넣고 삶기 시작하되 끓기 전에 불을 끈다는 점이다. 그리고 한동안 놔두어야 한다. 이것은 바로 '수비드 요리'와 유사한 '저온 요리'의 특징과 같다. 대개의 수비드 요리란 진공해서 저온에서 요리한다. 진공과 저온은 향과 맛을 보존하고 조직을 부드럽게 요리하는 결과를 가져다준다. 파스퇴르 우유가 일반 우유보다 더 맛있는 것은 저온 요리의 효과다. 패스처라이징된 우유는 62도의 저온으로 30분간 '삶는다'. 135도에서 2초간 살균하는 일반 우유와는 차이가 크다. 이렇게 되면 영양가가 더 풍부하게 살아 있고, 맛도 풍성하다.

꼬막도 그렇다. 끓기 전에 불을 끄면 비교적 낮은 온도에서 꼬막 살이 익는다. 훨씬 부드러워질 수밖에 없다. 그러므로, 벌교 사람들은 아주 오래전부터 미슐랭 스타 레스토랑급의 기술인 저온 요리의 특성을 알았던 것이다. 족발과 보쌈을 삶을 때

은근한 불에 오래 삶으라는 것도 이런 이치다. 놀랍게도 꼬막은 차가운 물에서 요리를 하기 시작해서 최고 온도가 90도 정도에서 멈춘 후, 다시 온도가 떨어져서 60, 70도에서 요리를 마친다. 바로 저온 요리의 너무도 훌륭한 실제다. 실제로는 이렇게 숫자를 동원해가며 삶지는 않는다.

"뜨건 물에 손가락을 넣어서 견딜 만하믄 꼬막을 넣고, 딱 한 넘만 입을 벌리면 불을 꺼야 되제."

꼬막이 너도나도 입을 벌리면 그때는 이미 질겨졌다는 뜻이다.

꼬막 하면 벌교다. 벌교가 꼬막의 최대 생산지는 아니고, 앞바다인 여자만汝自灣에서 캐온 꼬막의 최대 집산지다. 어쨌든 벌교는 꼬막으로 먹고산다. 벌교에 가서 '꼬막정식'이란 걸 먹어봤다. 원래 이런 이름의 음식이 있었을 리 없다. 정식定食이란 게 어딘지 일본풍 용어 같기도 하지만, '꼬막'을 내세운 이름은 관광객을 겨냥한 작명일 테니까. 벌교의 식당들은 대개 '꼬막정식'이라고 이름 붙여놓았다. 아주 〈1박 2일〉의 폐해를 여실히 볼 수 있는 환경이다. 그 프로그램에 나왔다고 해도 자랑도 아니겠는데, 거개의 식당이 〈1박 2일〉에 나왔다고 붙여놓았다.

나는 '국일식당'에만 간다. 이 집이 제일 맛있는지는 모르겠고, 가장 오래되긴 했다. 일하는 여사장님, 아주머니들이 서너

분 있는데 연세가 도합 300세는 넘어 보인다. 근속기간 보통 40년이다. 주문을 하면, '할머니'들이 느릿느릿 움직인다. 주방이 훤히 보이는 구조로 되어 있는데, 그냥 옆에 붙어서 구경해도 눈치도 안 준다. 말하는 것도 귀찮아하는 할머니들이다. 그러고는 끙끙, '오봉(쟁반)'에 반찬을 그득히 담아 날라다준다.

꼬막정식이니 온갖 꼬막 요리가 나온다. 대개는 억지춘향의 창작 음식이 많다. 그래도 그 할머니들 얼굴 보면서 먹는 밥맛이 좋다. 제일 맛있는 꼬막 요리는 손을 가장 덜 댄 것이다. 만고의 진리다. 재료가 좋은데 요리는 무슨, 꼬막백숙이 제일 맛있다는 소리다.

냉장고가 없을 옛날, 꼬막은 제철인 겨울에 닷새 정도는 부엌에서 너끈히 보관했다고 한다. 어머니들은 부엌 근처에다가 꼬막 상자를 놓고 오가면서 발로 툭툭 찼다고 한다. 꼬막이 긴장해서 입을 벌리지 않게 하기 위해서. 즉 죽지 않도록 하기 위해서.

꼬막의 종은 두 가지다. 새꼬막, 참꼬막. 참꼬막이 더 귀하고 비싸다. 제사상에 꼭 올리는 게 참꼬막이다. 새꼬막을 안 올리는 건 털이 달려서 그렇다고 한다. 또 참꼬막은 부드러워서 귀신이 드시기에도 좋다고 한다. 제물로 꼭 참꼬막을 올려야 하니 설

무렵에 참꼬막값은 엄청 뛴다. 꼬막 먹을 줄 아는 분들은 굳이 참꼬막 찾을 것 없다고 한다. 새꼬막도 맛있다는 주장이다. 실속 있기도 할 테고.

'바다의 닭고기'로는
어림없지

참치

　　　　　　지구상에 가장 섹시한 물고기를 들라
면 단연 참치다. 물론 인어를 제외하고 말이다. 탄환처럼 생긴
유선형의 몸통에 까맣고 예쁜 눈동자를 가진 참치. 내가 참치
'눈물주▾'를 먹지 않는 것은 그런 이유이기도 하다. 어머, 눈동자
로 만든 술을 어떻게 마셔.

　물론 그 술을 마시면 '다이'에 서 있는 실장님이라고 부르는
요리사에게 더러 지폐를 쥐여줘야 하기 때문이기도 하다. 세상

▾ 수정체에 소주를 섞어 만든다. 참치 전문 횟집에서 하는 특별 서비스.

에 제일 쉬운 일은 돈 받는 것이고, 제일 어려운 건 주는 일이다.

아까워서 그런 것만은 아니다. 반으로 접은, 만 원짜리 몇 장을, 슬쩍, 접시 밑에 아니면 실장님의 소맷부리 밑으로 요령껏 내밀어야 하는 것처럼 어려운 일이 없는 것이다. 서양에서는 팁이라 부르면서 당당히 주고받는 일이 이곳에선 왜 이렇게 복잡하고 어렵게 만들어졌는지 모를 일이다. 어쨌든 남이 봐도 그만 안 봐도 그만인 일을 비밀스럽게 치러내기가 영 남우세스럽다.

하여튼 그렇게 해서 눈물주를 얻어 마시면, 몇 점의 붉고 흰 살코기를 얻어먹게 된다. 나는, '다이'에서의 그들의 칼질을 넘겨다본다. 회칼이란 놈은, 확실히 무기 같다. 서양에서는 사각형의 클레버 칼이어야 겨우 무기다운 포스를 풍기는데(곰 가죽 옷을 입은 바이킹이 연상되는), 일식에서 쓰는 칼은 확실히 무시무시한 전쟁과 살상의 기운이 풍긴다.

다른 얘기지만, 일식에서 보통 채소를 써는 데 많이 사용하는 산도쿠 칼이라는 게 있다. '삼덕三德'이라고 쓴다. 본디 불가에서 해탈과 반야, 법신을 의미하는 삼덕은 요리에서는 고기, 생선, 채소를 의미한다. 두루두루 쓸 수 있는, 회칼의 날카로움 없이 덕으로 승부를 보는 황희 정승 같은 칼이다. 이런 칼을 제외하면, 일식 칼은 재료를 썰기보다, 세키가하라 전투에서 백병전 벌일 때 쓸 것처럼 생겼다. 이걸 담은 가방이 한국 세관에서 엑스

레이를 통과한다면 짐 뒤짐을 당할 확률이 높다. 쌍둥이표나 삼지창표와는 달리, 회칼은 무기라고 할 만한 어떤 포스를 풍기는 까닭이다. 그런 무시무시한 칼로, 실장님은 참치를 썬다.

자세히 보면 회칼의 날에는 반짝이는 고기의 세포가 들러붙을 듯한 기운이 돈다. 소리가 들리지는 않지만, 기름기 많은 생선살이 쩍 쩌억 하고 날에 달라붙는 느낌이 온다. 칼을 쓰는 요리사들은, 기름기 많은 삼겹살과 적은 등심을 썰 때 칼이 나가는 느낌이 다르다는 걸 느낀다. 기름기는 확실히 날을 부드럽게 만들고, 붉은 살은 칼날에 들러붙는 느낌이 생기는 것이다. 그 인절미 같은 살을 썰어서 입안에 넣으면, 혀에 또 한번 달라붙는다. 살점이, 제가 살아서, 혀에 붙는 것처럼 느껴진다. 실장님이 최강의 솜씨로, 단칼에 썰어낸 참치의 붉은 살은 정말 놀라울 뿐이다.

혀에 붙었던 참치 살은 이내 천천히 녹으면서 첫번째 맛을 선사한다. 헤모글로빈의 금속성 맛이다. 우리는 처음, 그 살점이 주는 '메탈릭'한 느낌을 실장님의 칼날로 연결짓곤 한다. 회칼 표면의 서늘한 기운으로 받아들이는 것이다. 회칼이나 참치 살의 헤모글로빈이나 철분의 느낌인 것이다. 살점을 씹어나가면, 달콤한 간장이 그 느낌을 중화시키고, 고추냉이의 알싸한 연출

끝에 고기 특유의 고소한 맛이 길게 이어진다.

흰 살 생선에서는 맛보기 힘든 야성의 철분 맛은 참치가 가진 '속도'이기도 하다. 남태평양과 인도양에서 지중해로 산란하러 오는 참치떼를 기다리는 건 봄날의 이탈리아 참치잡이 전문 선수들이다. 그들을 어부가 아니라 '선수'라고 부르는 건, 단순히 그물질하는 것이 아니라 동물적인 사냥꾼의 풍모와 기술을 가지고 있어서다. 우람한 상체와 마구 기른 수염 같은 것이, 그들이 전투를 치르는 용병처럼 보이게 만든다. 그렇다. 그들은 전투를 한다. 거대한 탄환(어뢰라고 부르는 게 적당할) 유선형의 몸체를 가진 참치떼는 엄청난 속도로 달려가고, 그 고기떼를 몰아 빠르게 달리는 배는 이윽고 그물로 길목을 차단한다. 뜻하지 않은 사냥꾼들과, 번식의 욕망에 의해 둔감해진 경계심 때문에 참치떼는 죽어간다. 그물로 퇴로를 차단한 사냥꾼들이 사정없이 작살로 고기를 찍어 끌어올리기 때문이다. 그 장면을 이탈리아에서 언젠가 다큐멘터리 필름으로 보고 있을 때, 나는 쩝 입맛을 다셨다. 활어로 잡아오면 더 좋을 텐데.

그렇게 잡은 고기는 이탈리아에서 값지게 팔린다. 물론, 쓰키지 시장의 새벽 경매에 참여하는 편이 몇 배의 이익이 된다는 걸 알게 된 후에는 이탈리아의 시장에서 거의 찾아보기 힘들게 되었다. (쓰키지 시장의 참치 경매는 2018년에 사라졌고 다른 지역에

새로 열린 시장에서 이루어진다.)

　이탈리아에서 참치는 전통적으로 남부나 해안도시의 요리가 된다. 참치의 뱃살과 알은 소금에 절이고 고기는 스테이크를 해서 먹는다. 쓰키지 시장의 참치 수집상들이 싹싹 참치를 훑어가고 있는 통에, 이제 이탈리아인들이 먹을 수 있는 '참치'는 대개 '새치'다. 황새치는 여전히 지중해에서 잡힌다. 범凡 참치파에 속하는 황새치는 참치보다 더 크고, 더 무시무시하게 생겼다. 참치처럼 속도가 빠르지 않아 포획하기도 쉽다. 그 녀석들은 길고 긴 부리를 가진 몸통을 얼음 위에 누이고 손님을 기다린다. 손님은 자리를 지정하고 주문을 한다. 상인은 두툼한 클레버 칼로 사정없이 황새치의 등뼈를 내리치고, 살을 자른다. 그러니까, 수직으로 몸통에 칼을 넣는 것이다. 그렇게 자르면, 동그랗고 먹음직스러운 참치 티본스테이크가 나온다. 가운데 등뼈가 두툼하게 박혀 있고, 그 주위로 색깔이 조금씩 다른 살코기가 둥글게 자리잡는다. 철분 많은 살점을, 철분으로 이루어진 철판에 굽는다.

　요리에 앞서 점도가 높은 끈적한 올리브유를 우선 참치 살에 넉넉히 바른다. 싱싱한 오레가노나 타임을 문지르고, 마늘을 짓찧어 바른다. 그렇게 두어 시간 이상 냉장고에 누워 있던 참치 살을 철판에 던진다. 아니면 무쇠그릴에 던질 수도 있다. 참치 스테이크는 쇠고기보다 훨씬 예민하고 부서지는 특성이 있어서 조심스레 다뤄야 한다. 겉을 바삭하게 익히되, 속은 따뜻해야 한다. 잠시 애인을 생각하는 동안 참치는 순간적으로 참치통조림 속의 살점처럼 퍽퍽하고 허옇게 변해버린다. 참치의 붉디붉은 살점도 불을 만나면, 그것이 본디 무른 바닷고기였다는 것을 상기시키듯, 희게 변한다.

신선한 참치로 만든 스테이크는 다르다. 살점 가운데 훈장처럼 박혀 있는 동그란 등뼈 안에 있는 골수가 온전한지를 보고 참치의 신선도를 판별할 수 있다. 썰려서 냉동되고 이동되는 동안 연한 골수가 달아나버릴 수 있다. 소금기와 올리브유, 그릴 향을 머금은 부드럽고 미끄덩한 골수를 포크로 떠서 입에 넣는다. 언제 그것을 먹느냐고? 냉면에서 계란을 먹는 순서를 정하는 것처럼, 당신이 정하면 된다.

황새치는 일본도 많이 잡는다. 거대한 황새치들이 미야기현의 게센누마항에 늠름히 뱃전에 매달려 들어오는 광경을 본 적이 있다. 게센누마는 동일본대지진으로 크게 파괴되었던 도시다. 항구는 복구되어 이곳으로 황새치와 상어가 들어온다. 앞바다인 태평양으로 나가는 일본 배들이 황새치를 잡는다. 뾰족한 주둥이는 위험하다는 이유로 다 잘려져 경매된다. 그러나 일본 사람들은 참치를 워낙 좋아하기 때문에 황새치는 인기가 없다.

회 대신 어묵을 만들어버린다.

참치를 사기 위해 요리사들은 공부를 해야 한다. 참치 상인들은 마치 아라비아에서 온 무역상 같다. 그들이 내민 종이에는 이해할 수 없는 용어들이 나열되어 있다. 축양, 적신, 구로, 오토로, 주토로…… 알려고 노력하지 않는 게 좋다. 그냥 좀 비싼 참치집에 가서 실장님과 안면을 익힌 후 한 점씩 먹어보는 게 더 낫다고 생각한다. 참치 국제시장은 이미 마피아가 힐긋거릴 만큼 거대하고 복잡한 시장이 되었고, 우리는 그 미로에 빠져버렸다.

한반도 동쪽 남쪽 바다도 봄여름에는 참치가 넘나든다. 대개 1미터가 안 되는 어린 것들이다. 뱃살이 영글지 않았지만, 생생한 생참치 맛을 보려는 사람들은 그즈음을 기다린다. 절편 떡 같은 살점을 썰어서, 일본 애들이 온갖 호들갑으로 만든 세세한 횟감 먹는 요령을 무시하고, 거칠게 먹어보고 싶은 이들에게 제철이 된 것이다. 양념을 마구 뿌려서 회덮밥을 해 먹거나, 막장에 찍어도 좋다. 일본식으로 고추냉이 간장도 좋고 막 쥐어내는 초밥도 좋다. 배불리 먹고 나면 입안에 남는 '쎄한' 철분의 느낌을 가져볼 계절이라고나 할까.

여담인데, 어느 인터넷 백과사전은 참치를 '바다의 닭고기라고 부른다'고 설명하고 있다. 칼로리가 높고 지방이 적기 때문이라나. 참치가 들으면, 그다지 기분이 좋을 것 같지는 않다. 겨우 닭이라니.

여담 하나 더. 책을 읽어서 알게 된 것인데, 원래 한적한 어촌이었던 도쿄에 막부(바쿠후)가 설치되고 사람들이 몰려들었고 도시가 커져서 거리의 음식점이 번성했다고 한다. 따라서 횟집 겸 초밥집도 흔해졌는데 그때 가장 싼 횟감이 참치였다는 것이다. 무사 계급들은 체통을 지켜야 하기 때문에 참치 먹는 걸 수치로 생각했고, 가난한 무사들은 몰래 그걸 먹곤 했다고 한다. 전설 같은 얘기다. 참치가 싸구려였다니.

할머니 손맛의 근원이
저 바다에 있다니

명태

어려서, 날씨가 슬슬 추워지면 동태찌개가 상에 올랐다. 요란하게 뭘 만드는 걸 좋아하지 않으셨던 어머니의 단골 음식이었다. 그저 무와 동태, 두부, 고춧가루, 파가 전부이면서도 맛은 좋은 음식이었기 때문이다(미원이나 다시다를 슬쩍 넣으셨을지도). 더구나 여섯 식구가 냄비에 숟가락을 다 투어 넣어가며 열심히 먹기에 이처럼 만만한 음식도 없었을 것이다. 어머니는 지금도 우리 형제들의 먹성을 얘기할 때는 꼭 동태찌개를 거론하신다. 한 솥 가득 끓여도 금세 바닥나던 찌개를 보며 한숨이 나왔다고. 동시에, 그 매운 찌개를 아귀처럼 먹어대던 어린것들을 보며 살아가야 할 의지를 북돋웠다고.

그렇게 자주 먹었던 생선이라 다른 건 몰라도 동태(얼기 전엔 명태였던)의 해부학적 구조를 일고여덟 살에 알고 있었다. 명태가 많이 난다는 함경도에 사는 아이처럼. 동태에선 눈알이 제일이요, 아가미에 붙은 쫄깃한 살이 2등이요, 뱃가죽에 검은 막 있는 살이 3등이고, 꼬리의 부드러운 살이 네번째이며, 등지느러미 있는 등의 퍽퍽한 살이 꼴찌였다. 물론 어려서 내 맘대로 붙인 순서다. 동태 눈깔은 옛날엔 술안주로 썼다고도 한다. 동네 가게에 보면, 종이판에 '호치키스'로 찍은 멸치며 오징어 눈깔(실은 입) 같은 백 원짜리 싸구려 안주가 걸려 있었다. 가게 앞 평상에서 술추렴할 때 아저씨들이 뜯어서 먹는 안주였다. 거기에 동태 눈깔이 있었다는 것이다. 동태 눈깔은 성미 고약한 선생이나 군대 조교의 단골 멘트에 이 새끼들, 눈깔이 동태 눈깔처럼 썩어가지고 말이야, 운운.

동태찌개는 국물 맛이다. 그건 명태가 알아서 낸다. 더러 급한 요리사의 손길에 제맛을 못 내기 일쑤였다. 그것은, 영락없이 무가 덜 익어서 사각사각할 때 알아챌 수 있었다. 명태와 무에서 맛이 나온다는 거, 그때 알았다. 부드럽고 삼삼한 두부도 충분히 익어야 맛이 나고, 속에 맛이 밴다는 것도 깨달았다. 빨리 끓인 동태찌개 속 두부는 싱거우면서 쌉쌀했다. 두부를 숟가락으로 잘라 건졌을 때, 탱탱하면서도 부드럽게 얹혀야 잘 익은 것이었다. 나무토막처럼 어색하게 잘라지면 덜 익은 것이었으니 두부도 찌개 속에서 다 자기 요량이 있었다고나 할까. 그렇게 한 냄비 끓인 동태찌개를 먹으며 나는 자랐다.

동태찌개는 서울 시민이 제일 만만하게 먹었던 음식이고, 그것이 냉장고 없던 조선시대부터 일제강점기를 거쳐 당대까지 이어지고 있다. 한겨울, 마침 명태는 제철이고 그것이 땡땡 얼어서 서울까지 상하지 않고 무사히 올 수 있었을 것이다. 일부러 얼린 명태, 그러니까 멀리서 잡아 얼려서 유통되는 요즘의 동태 이전부터 말이다. 우리가 언제부터 명태를 먹었는지는 잘 모른다. 다만, 명태라는 이름을 명명했다는 오랜 전설은 300년 이상을 거슬러올라간다. 그러니, 조선시대에는 분명히 명태를 많이 먹었을 것이다.

1977년 10월 11일자 〈경향신문〉에는 의미 있는 기사 한 줄이 실린다. 우리 명태잡이 어선이 '소련'의 200해리 어업구역 선포에 따라 눈물을 머금고 북양 캄차카 해에서 빈 배로 돌아왔다는 뉴스다. 얼마나 우리가 명태를 많이 먹었는지, 동해안의 명태는 거개 남북한이 소비했다고 할 수 있다. 그러다가 저 뉴스 속의

1970년대 후반부터는 각국이 배타적 어업권을 내세우면서 '좋은 시절'도 끝나갔다. 그러나 여전히 우리는 그 바다에서 명태를 잡는다. 큰 뉴스가 되었던, 차가운 겨울 바다에서 침몰한 몇 해 전 오룡호 사건도 바로 우리의 명태 탐식에서 비롯한 것이다.

그즈음 나온『북양어장 가는 길』이라는 책을 읽고 내가 쓴 독후감이다.

'우리 원양어선은 까다로운 대국의 간섭과 무자비한 경쟁국의 어선들, 태풍에 버금가는 저기압에 맞서 싸우며 그물을 끈다. 그것이 우리 밥상에서 반찬이 되는 생선이다.

쾌적한 마트에 진열된 식품은 이런 구조에서 탄생하고, 원양어선은 그 시스템의 최초 생산자다. 깔끔하게 포장된 게맛살의 원료와 명란을 얻기 위해 오늘도 트롤 어선은 북양의 집채 같은 파도와 싸운다. 할머니 손맛의 동태찌개와 코다리조림의 근원이 저 바다에 있다니.'

어찌되었든 우리는 동태찌개를 먹고, 그 알탕에 소주를 마시며, 젓갈에 밥그릇을 비운다. 조기말고는 생선 한 마리가 이처럼 우리 식탁에서 오래 주인공으로 활약한 역사가 있었던가.

생선 이름은 끝에 '치' 나 '어'로 끝나는 것이 많다. 하다못해 비늘도 없는 오징어도 '어'다. 명태만 별난 이름이다. 조선후기 문신 이유원의 문집 『임하필기』에 '함경도 명천의 태서방이 잡은 생선이라 명태가 되었다'고 나온다고 한다. 그 먼 사정은 모르겠지만, 동양 삼국이 비슷하게 부른다. 일본은 우리처럼 '명태(발음은 '멘타이')', 중국은 '명태어(발음은 '밍타이위')'라고 한다. 물론 우리나라에서도 명태에 '어'를 붙여 부르기도 한다.

가만 생각하면, 알탕이라는 음식은 학사주점에서 처음 먹어 보았다. 스무 살 무렵이니 30년 전이다. 어머니의 동태찌개에 는 대개 알이 없었다. 그렇다. 잡은 명태는 즉시 내장을 빼고 몸통을 주로 유통시켰던 것이다. 명태의 알이나 이리(정소)는 따로 훌륭한 요리 재료로 팔 수 있었으니까. 물론 알배기 동태도 있었지만, 점차 귀해졌다. 북양 캄차카 해에서 추위와 싸우는 우리 원양어선의 첫째 목표도 명란이다. 명란이야말로 황금의 알이라고 부를 만한 것이다. 소금 쳐서 젓 담그면 킬로그램당 십수만 원씩 나가는 비싼 음식이 아닌가.

그 시절 학사주점의 알탕은 일종의 '등외품 알'로 만드는 것이다. 모양이 그럴듯하고 큼지막한 것은 젓을 담그고, 겨우 메뚜기만한 작은 녀석들이 알탕 거리로 시중에 풀린다. 그 작은 명란도 씹으면 고소하고 달았다. 미원으로 범벅을 한 아린 맛의 음식이었으나, 알탕은 나름 고급한 안주였다.

명란은 알이다. 알은 우주의 시작이다. 알 낳는 닭을 유심히 보면 알 수 있겠지만, 그 '배출'의 순간 닭의 표정이 바로 우주다. 엄숙과 경건 같은 말을 저 미물에 붙인다고 이상할 것 같지 않다. 이런 말을 두서없이 친구에게 했더니 면박이 돌아왔다.

"알 훔쳐갈 놈이 쳐다보니까 겁먹고 눈을 두리번거리는 거지, 뭔 엄숙이냐."

알은 생명의 어떤 강력한 응축이다. 텔레비전 다큐멘터리를 보면 물고기가 알 스는 장면이 종종 나온다. 물고기도 저 닭처럼 안간힘의 표정이 너무도 처절하다. 어떤 물고기는 알을 낳고 죽어버린다. 이럴 때 내레이션은 그야말로 엄숙과 비장으로 무장한다. 슬픔보다는 우주 만물의 순환에 대한 진지한 해설이게 마련이다. 그렇다. 알은 자라서 다시 어미가 되고 죽는다. 우리도 이 사이클에서 한 치도 벗어나지 못한다. 산다는 것은 역설적이게도 죽기 위한 과정이니까.

어렸을 때, 좀 사는 집의 반찬은 몇 가지 또렷하게 도드라지는 게 있었다. 기름을 발라 윤기 도는 김구이, 달걀말이, 쇠고기

장조림 같은 것이었다. 내가 다닌 중학교는, 고관대작과 잘사는 집 자식들이 많은, 서울 시내의 한 학교였다. 녀석들의 까만색 코끼리표 '조지루시' 일제 도시락통에 든 반찬이 그랬다. 점심때 젓가락만 들고 다니면 풍족한 단백질 공급이 가능했다. 한번은 가회동 사는 동급생 집에 놀러갔더니 밥을 내왔다. 김구이 같은 반찬에 장조림이 있었고, 어머니가 마당에서 '곤로(석유풍로)' 놓고 구운 석쇠불고기도 올라왔다. 친구가 왔으니, 대접하신다고 좀 걸게 차리신 모양인데 북촌에서 쓰는 서울사투리로 정겹게 밥을 권했다. 찬 중에 특이한 게 있었다. 분홍색을 띤, 말캉하고 달콤하며 짭짤한 그것은 명란젓이었다. 먹기 좋게 칼질을 통통 해놓아서 칼자국 따라 젓가락으로 슬쩍 떠내듯 집어서 하얀 쌀밥에 얹어 먹는데, 가히 꿀맛이었다. 명태알을 안 먹어본 것도 아니었으나, 젓갈은 달랐다. 상상할 수 없는 진한 맛.

그 시절 1970년대는 정말 명태가 어마어마하게 잡히던 시절이었다. 굳이 북양어장까지 가지 않아도 거진과 고성이며 속초 앞바다에서 명태 그물이 묵직했다고 역사는 말하고 있다. 엄마는 동태찌개 냄비를 휘저어서 알과 간이 걸리면 아버지와 내게 주었다. 같은 동태알이지만, 제 품 안에 있다가 끓인 것과 요즘 사 먹는 알탕찌개 안에서 걸리는 것과는 맛이 많이 다르다. 제 속에 들어 있는 것은 마르지 않고 수분이 촉촉하며 부드럽게 입에서 부서진다. 알탕찌개에 든 것은 아시는 대로, 젓갈 담글 품질이 안 되는 것들을 모아서 사각형으로 얼린 놈이다. 식당으로 납품되어 들어온 걸 녹이고 끓여낸 셈이라 냉동실 냄새도 좀 나고, 마치 반건조한 것처럼 딱딱하기 그지없다.

짠득하게 씹히면서 감칠맛을 뿜어내던 녹진녹진한 옛날 동태 찌개 속 알을 먹어보기는 이제 글러버렸는지도 모르겠다. 그때 술 마시는 나이였으면, 소주도 어지간히 마셨을 것 같다. 부드러운 동태 살과 두부를 건지고, 매콤하고 구수한 국물도 마시고, 두툼한 알집에 소주를 마시는 일은 상상만 해도 좋지 않은가.

요즘, 좋은 명란 먹자면 외려 일본에 가보곤 한다. 바다 건너 후쿠오카는 '멘타이코'라고 부르는 명란젓으로 유명하다. 호텔에서 주는 아침밥에 반찬으로 빠지지 않고 기차역이며 공항에서 고급 명란을 판다. 우리와 입맛이 좀 달라서 쉽게 입에 붙지는 않는다. 유자즙을 넣거나 양념하는 방법이 한국과 좀 다르기 때문이다. 일본에서 밥에 올려 먹으면 참 맛이 좋은데, 한국에 사 오면 우리 밥상에서는 충돌을 일으킨다. 대신 청주 안주에는 궁합이 아주 좋다. 일제강점기 무렵에 조선에서 명란 만드는 기술을 가져다가 저희들 것이 되었는데, 일본 사람 특유의 섬세한 갈무리 기술이 요란하다.

명란젓으로 덮밥을 해 먹으면 맛이 참 좋다. 우선 밥을 고슬고슬하게 짓는다. 명란을 쓱쓱 잘라서 뜨거운 밥 위에 얹고 조미하지 않은 김을 가늘게 썰어 올리고 참기름을 조금 쳐서 비빈다. 쪽파나 대파의 총백(흰 부분)을 굵게 다져서 얹는 게 중요하다. 썩썩 비빌 때 윤기 도는 밥알과 풀어진 명란이 서로 뒤섞이며 숟가락의 뒷면에서 어우러지는 촉각이 느껴진다. 한입 떠 넣을 때 충만감이란, 좀 과장해서 알 하나하나의 생명감의 총합 같다. 봄이라면 맑은 모시조갯국을 곁들여서.

요즘 당연히 우리 배가 잡는 명란은 줄어들었다. 소비되는 양만큼 명태를 잡지 못하는 것 같다. 그래서 러시아산이 많이 들어온다. 3, 4, 5월이 러시아 명란 경매가 있는 달이다. 러시아 상인들이 명란 샘플을 가지고, 부산의 감천동 냉동창고 있는 동네에서 경매를 치르면 일본과 한국의 명란 가공회사 사장들이 모인다. 더 좋은 명란을 사기 위해 눈치 작전을 벌인다. 명란 왕국이었던 우리나라에서 이젠 러시아 사람이 명란을 내놓고 배짱을 부리는 시대다.

명란은 한국판 캐비어라고 불러도 좋을 기막힌 건개다. 건개란 말은 최근에 배웠다. 반찬이라는 뜻이다. 조금 더 알아보니 사전에는 '반찬. 특히 고춧가루나 마늘 등의 다진 양념에 버무린 종류'라고도 나오고, 궁중에서 쓰는 말이라고도 한다. 찌개를 '조치'라 하고 깍두기를 '송송이'라고 하는 식의 격식 용어인 모양이다.

각설하고, 명란 얘기를 쓰다보니 캐비어 생각이 난다. 난 이 비릿한, 게다가 값은 어마어마한 생선알을 좋아하지 않는다. 도대체 이것이 명란보다 더 맛있지 않은 것이다. 전형적인 허영과 허세의 음식이다. 한번은 그 비싼 캐비어를 숟가락으로 막 퍼먹었던 적도 있다. 러시아 항공기 조종사가 '알바' 삼아 밀수로 한국에 들여온 걸 어떤 형님이 구해서 나누어 먹었다. 1킬로그램짜리 캔이었다. 이런 요리, 저런 요리를 해 먹다가 종국에는 그냥 숟가락으로 퍼먹었다. 그것도 '스뎅' 숟가락으로. 캐비어의 맛을 변하지 않게 하려면 상아로 만든 전용 숟가락으로 조심스레 떠내야 하고 어쩌고 하는 말을 들으면 나는 혼자 씩 웃는다. 아마 그 형도 그러고 웃고 있을 것이다. 야, 어디서 캐비어 먹어봤단 말은 하지 말어. 참새똥만큼 내놓은 걸 뭐 캐비어라고. 이러고 말이지.

그 비싼 알을 낳는 철갑상어를 한번 '안아본' 기억도 있다. 어쩌다 모델이 되어 신문에 낼 사진을 찍느라 충주의 어느 양식장엘 갔다. 그때 아주 커다란, 그래서 나이가 몹시 많았을(철갑상어의 수명은 사람과 비슷하다) 한 녀석을 품에 안았던 것이다. 그 녀

석이 몸부림도 치지 않고 얌전히 내 품에 안겨 있었다. '철갑'상
어라는 이름답게 거죽이 두툼하고 딴딴했는데, 이상하게도 저
물고기가 사람의 체온처럼 따뜻했다는 기억을 가지고 있다. 그
건 순전히 양식장 수온이 그랬던 것이겠지만.

잇몸이 혀보다
먼저 일어나 반기는 맛

방어

어느 겨울, 규슈 서쪽의 항구도시에 갔다. 나가사키는 확실히 한국보다 따뜻하다. 옛 정서대로라면 남국南國이다. 눈이 오는 경우는 정말 드물다고 했다. 그래도 겨울엔 바닷바람이 찼다. 짬뽕도 먹고 시시한 차이나타운도 걸었다. 동행인과 시내를 벗어나 마냥 걸었다. 어느 동네에 들어섰다. 이전엔 제법 많은 인구가 살았을, 낡은 주택들이 언덕을 가득 메운 동네. 한국이든 일본이든 지방 소도시의 운명이 그렇듯, 나가사키의 외곽 동네는 죽어가고 있었다. 간혹 지팡이나 보조기를 밀고 가는 노인들만 보였다. 아하, 모두 떠나버리고 노인들이 지키고 있는 최후구나. 누구라도 알 수 있는 그런 휑한 바람이 골목 어귀에 몰아쳤다. 동네를 슬슬 걸었다. 일본 어디든 가게가 많게 마련인데, 잘 보이지 않았다. 가게라고는 고작 미용실과 이발소, 도시락 가게가 전부였다. 우리가 이 초밥집을 발견하기 전까지는.

붉은 외출복을 아주 잘 차려입은 할머니 한 분이 혼자 앉아 초밥을 먹고 있었다. 연세가 정말 많은 할아버지가 이타마에板前였다. 이타마에란, 숙련된 요리사란 뜻이니 그에게 이런 말을 붙이는 건 외람된 일일지도 모르겠다. 숙련이라니, 그는 적어도 60년은 초밥을 쥐었다. 십대 후반에 시작한 일이고, 여든이 넘었다고 하니. 할머니는 홀에서 시중을 들고, 그는 초밥을 쥐었다. 그래도 동네 노인들이, 연금이라도 나오는 날이면 이렇게 몇 명이라도 들를 테지. '망해가는 것이 하나도 이상하지 않은' 최후의 초밥집에서 그런 생각을 했다. 주문할 초밥을 골라야 했으나, 그다지 선택의 여지가 없었다. 간이 진열 냉장고엔 오직 두어 가지 생선살만 보였으니까. 언제 손님이 올지 모를, 어쩌면 아무도 안 올 수도 있는 동네의 작은 초밥집에서 늘 싱싱한 생선 열두어 가지를 마련해두는 건 말이 안 되니까.

그의 냉장고에는 오징어와 방어만 보였다. 그렇다. 방어. 부리, 라고 이타마에상이 말했다. 부리는 성숙한 방어의 일본어 이름이다. 그는 새벽장에서 오직 방어를 한 마리, 아니 가능하다면 반 마리를 사 왔으리라. 초밥 생선을 숙성해서 먹는 이들 관습에 따라 한 마리를 사더라도 사나흘 이상은 너끈히 두고 팔 수 있다고 생각했을지도 모르겠다. 그에게 '초밥 세트'를 주문했다. 밥알 덩이(샤리)를 크게 잡아서 배가 부르도록 마음을 썼다. 그는 아주 천천히, 그러나 물 흐르듯이 유연한 솜씨로 초밥을 쥐었다. 그의 동작은 느려 보였으나 금세 초밥이 만들어졌다. 군더더기 없는 동작으로, 느릿하게, 힘쓸 곳을 최소화하는 노장의 비법이려나. 초밥을 올려내는 도마가 커다란 방어 살점을 얹은 초밥으로 가득해졌다.

방어는 보통 5킬로그램, 크게는 10킬로그램이 넘는 걸 대우해준다. 그것보다 작으면 일본에서는 부르는 이름도 다르다. 하마치. 그가 얹어낸 방어 살점으로 가늠해보니, 대방어라고 부를 만한 큰 놈이었다. 방어와 참치는 클수록 대우받는다. 배 아래쪽의 기름기 있는 살점이 인기가 있기 때문이다. 방어 뱃살은 몰라도 참치 대뱃살은 들어봤으리라. 방어도 참치처럼 대양을 회유하면서 추운 겨울을 대비하여 배에 기름을 저장한다. 그것이 우리 입에 들어오면 살살 녹는 지방층을 가진 뱃살 횟감이 되는 것이다. 그는 기름진 뱃살과 붉은 살점을 고루 섞어서 초밥을 만들어주었다. 한몸에서 났으나 그 맛과 감촉이 제각기인 초밥들로 행복해졌다. 아아, 그 집이 아직 있으려나. 노인이 초밥 쥘 힘이 없어지고, 문을 닫았을 것 같다. 아니, 그가 아직 지구상에 살아 있을 것 같지 않다. 세월이 많이 흘렀다.

방어 살점은 굳이 뱃살이 아니어도 좋다. 두툼하고 붉은 등살도 좋다. 그것이 입안 가득 들어와서 싸한 금속성 기운을 입으로 퍼뜨리는 맛에 빠져든다. 그리고 우리는 씹는다. 쑥쑥, 이가 들어가며 방어 살이 해체되기 시작한다. 초고추장이든, 고추냉이 간장이든. 양념은 돕고, 살에서 진액이 나와 혀를 어루만진다.

그래도 방어라면 아가미 쪽 살을 찾는 이들이 있다. 엄밀히 말해서 가슴살이라고 할까. 방어 대가리 아래쪽의 단단하고 흰 지방층을 가진 두툼한 살점이다. 굵은 가시가 있어서 횟감으로 떠내기가 어려운 쪽이기도 하다. 언젠가 횟집에서 이 살을 시켰더니 30분을 기다려도 나오지 않았다. 이런 경우라면 얼려둔 것이다. 가마살은 지방이 많아 얼려도 크게 품질 차이가 나지 않는다. 그래도 얼리면 물이 생기고, 씹어보면 냉동고 냄새가 난다. 손님을 30분이나 기다리게 할 작정이라면, 해동해야 하니 기다리라고 말해줄 수는 없는 것일까.

이 살은 보통 칼집을 넣어서 낸다. 딱딱하다고 할 정도로 기름기가 차돌처럼 돌기 때문이다. 그래서 씹는 품을 줄이고 식감에 변화를 주기 위해서 칼집을 넣는다. 몇 점 씹어야 비로소 방어가 왔구나 실감이 든다. 이 부위를 씹을 때 나는 이런 생각을 한다. 아마 사람의 잇몸에는 미각수용체가 있을 거야. 그렇지 않고서야 어떻게 잇몸이 바르르 떨리도록 씹는 맛이 좋을까. 잇몸이, 혀보다 먼저 일어나 방어를 반긴다. 단단한 살점을 씹을 때 잇몸은 혀와 경쟁하며 제 일을 한다.

방어는 거대한 포탄처럼 생겼다. 붉은 살 생선이라도 다 모양이 다르다. 참치와 가다랑어가 아주 단거리를 달리는 근육질의 스프린터 같다면, 방어는 조금 느긋하게 생겼다. 맨몸으로 승부를 보는 거친 육박전의 대가들(전 LA다저스의 푸이그가 딱 그 기운이다)과 달리, 뭐랄까 청동의 기사 같다고나 할까. 실제로 방어는 아주 아름다우면서도 위엄이 있다. 녹색과 코발트색이 뒤섞인 듯한, 싱싱한 청동빛의 몸체 가운데 흘수선 같은 노란색 띠가 대가리에서 꼬리로 그어져 있다. 영어로 '옐로테일Yellowtail'이다. 눈빛은 검고 입은 굳게 다물고 있다. 살은 탄탄해서 손으로 눌러도 잘 들어가지 않고, 새벽 경매장의 높은 조도의 전구 밑에서 비늘을 번쩍인다.

한때, 방어를 참 많이 사서 팔았다. 한겨울 내내 방어는 인기였다. 그것을 사러 첫차를 타고 갔다. 날씨가 갑자기 추워져서 노량진수산시장 바닥에 흥건한 염수가 모두 얼어버릴 정도일 때도 있었다. 활어가 아닌 녀석들은 모두 얼어버리는 새벽 날씨는 매웠다. 활어 수조에 상인들이 더운물을 부어줄 정도로 추운 날씨였다.

수산시장에서는 방어를 방다리라고 부른다. 그것은 어린 방어를 뜻한다. 방다리가 참 많았다. 살아 있는 방어를 사면 상인이 말한다.

"찍어드릴까?"

그래 달라고 하면, 그는 거친 식도의 등으로 방어의 대가리를 딱 한 대 내리친다. 최후의 경련 뒤에 방어는 경직되고, 상인은 재빨리 칼로 아가미 옆을 찔러 숨통을 끊어준다. 방혈을 위해서다. 피를 빼야 방어에서 비린내가 나지 않는다.

방어를 보려고 제주 모슬포에 갔다. 새벽 다섯시 반. 출어하기에 최적이다.

"동틀 무렵에 방어가 물거든."

문다. 이 말에 방어잡이의 고갱이가 들어 있다. 모슬포에서는 방어를 낚는다. 그물질이 아니니 방어가 낚싯바늘을 물어야 한다. 이 시기가 되면, 모슬포에서 방어로 먹고사는 이들의 인사는 이렇다.

"좀 물어?"

3.99톤짜리 자그마하고 낡은 어선 선주의 표정이 어둡다. 주섬주섬 어구를 챙겨서 배에 먼저 오른다. 배는 '악세레다'를 최대로 올린다. 시속 20노트까지 나온다.

"최근에 엔진을 갈았소. 힘 좋지으으."

제주 말은 뒤를 '으으' 하고 올린다(내게는 그렇게 들린다). 작은 선실에 걸터앉아 강선장이 담배를 태워 문다. 오늘 고기의 운수를 보는 걸까. 그가 툭 뭔가를 던진다. 점방에서 산 크림빵에 바나나우유다. 아침식사다. 그는 빵 대신 연신 캔커피에 줄담배다. 바다는 잔잔한 편인데 속이 울렁거린다. 멀미가 심하게 오면 배를 돌려야 한다. 어지간하길 바랄 뿐이다. 배가 밀고 가는 바다는 마치 콜타르나 식은 쇳물처럼 묵직한 검은색이다. 같은 물이되, 밀도가 다르다. 저 밑에 방어가 있다.

원래 방어 낚시는 미끼를 낚는 일부터 시작한다. 자리돔이 제격이다. 살아 있는 이놈 몸뚱어리에 바늘을 끼워 던지면 바닷속에 수직으로 파고드는 성격이 있다. 깊은 바다에서 먹이 냄새를 맡는 방어를 유인하기에는 그만이다.

옆으로 휙휙 방어잡이 배들이 지나간다.

"오늘 낚시는 트롤링이고. 거, 당신이 도와줘야 합니다."

배에 선원이 없다. 내가 선원 보조다. 오른쪽으로 가파도를 끼고 가까이 마라도가 검은 몸집을 드러낸다. 수심계는 30~50미터 이상을 오르내린다. 마라도 쪽으로 더 가면 100미터 가까이 된다. 깊은 바다다. 검고 무섭다. 작은 배가 흔들리고 졸지에 선원 보조가 된 나는 비틀거린다. 마땅히 붙들 난간도 없고, 앉을 자리는 더욱 없다. 선장이 시범을 보인 후 내게 트롤링 장비를 건넨다. 가짜 미끼를 달아 바다에 던진 후 배를 선회하면서 방어를 유인하여 낚는 방법이다.

턱, 슈슈슉, 낚싯줄이 급격하게 릴에서 풀려나간다. 뭔가 물었다. 힘이 세다. 선장에게 구원을 요청했다. 그가 같이 당겨준다.

"부시리다!"

대* 부시리다. 일본어로 히라마사. 제주 사람들은 통용어로 '히라쓰'라고 부른다. 방어와 구별이 어렵다. 방어는 주로 겨울에 먹지만 부시리는 거의 사철 먹는다는 점이 다르다. 맛도 차이가 있다. 흥미롭게도 모슬포 어부들은 부시리를 더 좋아한다. 부시리와 방어는 미세하게 다르게 생겼다. 보통 부시리는 옆구리의 노란색 줄이 더 선명하고, 몸통은 좀 납작한 편이다.

방어는 무리 지어 회유한다. 그래서 강원도 앞바다의 정치망에 걸리는 양이 많다. 제주도보다 강원도에서 잡히는 방어가 많다. 제주에서 안 잡히면 제주 식당에서도 강원도 것을 사다가 쓴다.

바람이 거세지고 점점 추워진다. 선장의 구수한 옛날이야기가 이어진다. 트롤링 줄을 풀었다 당겼다 하며 방어를 유인하면서.

"방어가 아주 빨라. 시속 40킬로야. 획 하고 지나간다고. 먹성도 좋고. 10킬로그램 정도 나가는 특대방어를 잡아서 배를 가르면 참치처럼 새빨갛다고. 살이 붉으면 빠르다는 뜻이오."

방어가 몰려오면 돌고래떼도 덤빈다. 방어를 쫓아오는 것이다.

"돌고래가 방어를 먹으려고 뱃창(배 위)에도 올라올 때도 있어. 바다에 방어 대가리가 둥둥 떠다녀. 몸통만 먹고 돌고래가 버린 거지. 무섭다고."

다시 입질이 온다. 재빨리 당긴다. 텅, 하고 묵직한 몸체가 끌고 방어가 몸부림친다. 4킬로그램이 넘는 중방어다.

"방어가 무섭습니다. 몸부림을 치면 선원이 맞고 병원에 실려갈 때도 있어요."

원래 모슬포는 방어를 잡아왔지만, 대개 서울 등 대도시로 보냈다. 10여 년 전부터 방어를 맛보려는 관광객이 몰려오면서 인기가 급상승했다. 모슬포로서는 기회를 만났다. 조용하던 부두에 횟집이 크게 늘었다. 카페도 두엇 있을 정도다.

다행히 조과가 있다. 만선은 아니나 배를 돌린다. 그가 운영하는 식당에서 방어회를 뜰 참이다. 방어는 크기 때문에 부위별 구분이 명확하다. 뱃살, 몸통살, 사잇살, 아가미살, 볼살 등으로 나누어 낸다. 뱃살은 기름져서 몇 점만 먹어도 더 먹기 힘들다. 몸통살이 차지고 잇몸에 붙는다. 숙성은 안 한다. 그대로 회를 쳐서 손님상에 낸다. 차진 맛이 선호되는 까닭이다. 사잇살이 특이하다. 척추뼈에 붙은 혈합육의 한 종류. 빨리 상하는 부위다. 싱싱하면 비린내가 전혀 없다. 기름장에 찍어먹는데, 눈 감고 먹으면 소고기 육회 같다. 아가미살은 단단한 지방이 일품이다. 볼살도 대방어에서는 따로 추출한다. 부두 식당에서는 아가미살, 볼살은 따로 회로는 내지 않고 구이로 먹을 수 있다.

"이걸 드셔야 진짜 꾼이오."

맑은 탕을 내는데, 이상한 건더기가 가득하다. 내장탕이다. 방어가 워낙 크니까 내장도 크고 진하다. 위는 거의 아귀처럼 두껍고 씹는 맛이 있다. 창자도 꾹꾹 씹힌다. 간도 일품이다. 그냥 탕은 회를 시키면 딸려 나오지만, 내장탕은 1인당 1만2천 원을 내야 한다. 양이 한정되어서다.

방어 크기를 구분하는 건 지역마다 사람마다 각색이다. 보통

6킬로그램 이상이면 대방어라고 한다. 8~10킬로그램이 넘으면 특대방어다. 그렇다고 방어가 클수록 맛있느냐면 꼭 그런 것도 아니다. 제철에는 소방어나 중방어도 기름이 잘 오르고 개체의 특성상 잘 먹고 자란 놈이면 맛이 좋다는 거다. 대방어라고 해도 기름기 적고 맛도 얕을 수 있다.

겨울이 오길 기다리는 사람들이 있다. 그중에는 방어 맛을 기다리는 이도 있을 것이다.

잔칫날 잡아
오래 먹는
저장음식

돼지 김장

한국은 배추와 무로 김장한다. 김장의 사전적 정의도 그렇다. 그런데 종종 무엇인가를 절여서 보존하는 일, 나중에 먹기 위해 많은 양을 갈무리해두는 일도 '김장'이라고 부른다. 겨울에 대구가 산란을 위해 몰려올 때, 남해안 일대에서는 대구 김장을 했다고 한다. 대구는 커다란 생선이니 부위별로 쓰임새가 많다. 아가미와 알로 젓을 담그고, 바싹 말려서 약대구를 만들기도 한다. 포를 말려서 술안주와 반찬으로 쓴다. 이런저런 부산물로 푸짐하게 탕을 끓여 밥을 나눠 먹는 것도 김장김치의 그것을 닮았다. 대구가 최근에 많이 잡히는데, 과거에는 한 20년간 귀한 생선이었다.

그전에는 대구 김장을 하면, 있는 집에서는 리어카와 지게로 대구를 져다 안마당에 부렸다고 한다. 절이는 데 쓰일 소금만도 한 가마니씩 사들였다고 하니, 그 규모가 짐작이 된다. 서울 지방도 예전부터 여름에 조기 김장을 했다. 조기를 사들여 직접 말려서 굴비를 만들었다. 부잣집에서는 큰 조기 상자를 들이고 민어도 들여 이것저것 맛있는 저장식품을 만들었다.

유럽에서도 김장을 한다. 여름에 토마토와 채소가 많이 나면, 병조림을 만들어 소독한 후 지하에 저장했다. 이듬해 다시 작물이 익을 때까지 먹을 수 있게 했다. 나도 이런 경우를 여러 번 보았다. 이탈리아의 집엔 대부분 지하 저장고가 있다. 특히 와인이 많이 나는 중북부 지역에서는 대부분의 집집마다 지하 저장고가 붙어 있다. 심지어 아파트에도 지하에 저장고를 만들어서 분양한다. 복덕방에 붙어 있는 주택 매매 안내장에 보면, '칸티나cantina'가 몇 제곱미터라고 쓰여 있다. 칸티나가 바로 지하 저장고다. 오래된 집일수록 지하 저장고가 잘 갖춰져 있다. 냉장고가 없던 시절의 유물이다. 지금도 유용하게 쓴다.

구불구불한 통로를 따라 내려가면, 선반에 온갖 저장식품이 즐비하다. 채소 병조림에 각종 소스가 그득하고, 돼지 가공품도 많다. 천장에 생돼지고기 소시지인 살라미가 주렁주렁 걸려 있다. 저녁 준비를 하기 위해 저장고에 내려가 마음에 드는 놈을 잘라서 올라오면 된다. 이런 돼지 가공품도 집집마다 만들었다. 요즘은 훨씬 적어졌지만, 여전히 집집마다 알아서 돼지를 잡아 김장을 했다. 실제 두어 번 본 적이 있는데, 군대 시절에 돼지 잡는 광경을 본 이후로 처음이었다. 도살이란 게 말이 그렇지 쉬운 게 절대 아니다. 도살장에서야 자동화된 효율적인 장비로 일사천리로 진행하지만, 돼지 잡는 일은 하나의 숙련된 기술이 필요하다. 그래서 대개는 동네에 이쪽(?) 일을 잘하는 어른이 늘 있게 마련이고, 그의 주도 아래 진행된다.

돼지를 유달리 좋아하는 제주도에서는 '도감'이라고 하여 돼지를 사고 요리해서 나누는 총감독이 있다. 도감을 누굴 쓰느냐에 따라 잔치의 성패가 달려 있다고 해도 과언이 아니었다. 다른 지역에서 '고방지기'라는 이름으로 잔치에 쓰이는 고기를 관리하는 직책이 있는데, 제주도가 유별나다. 이런 도감 같은 어른이 마을에 있어서 돼지를 잡는다.

유럽에서도 원래 잔치에 돼지를 잡았다. 대개의 잔치는 유럽 역시 농한기에 치른다. 푸주한(도살 및 가공품을 만드는 이)을 고용하거나 직접 칼을 잡고 돼지를 처리했다. 영리한 돼지가 이미 자신의 운명을 예감하고 발악을 하기 때문에 아주 고통스럽다. 한 200킬로그램은 나가는 덩치다. 힘이 세고 보통 고역이 아니다. 밧줄로 다리를 묶어서 고정하고 도살한다. 이때 특이한 건, 정면이 아니라 뒤에서 잡는다는 사실이다. 돼지가 모르게 뒤에서 기습(?)을 하는 것이다. 정신을 잃은 돼지를 푸주한용 칼로 목의 동맥을 끊어 절명시킨다. 이런 과정이 좀 끔찍하게 느껴지지만, 사실 인도적인 행사라고 생각한다.

우리가 랩에 잘 싸여 마트에 진열된 고기를 사들이기 때문에 더 많은 살생이 일어난다. 그냥 편리하게 사서, 과식하게 되고, 냉동실에서 썩어나고, 음식쓰레기로 버려지는 고기가 좀 많은가. 직접 돼지를 잡게 되면, 그 일 자체가 쉽지 않으므로 가급적 덜 죽이려고 한다. 자기가 먹을 가축을 직접 죽이는 일은 그래서 '비교적' 더 윤리적이라고 보기도 한다. 미국에서 이런 셀프 도살이 은근히 퍼져나가고 있다는데, 페이스북 창립자도 그 멤버라고 한다.

피를 받아서 소시지(이탈리아의 경우 살라메나 살루메)를 만드는 것도 한국이나 유럽이나 비슷하다. 피가 콸콸 솟구치고 꽤 많은 양이 나온다. 얼른 머리를 자르고 돼지를 거꾸로 매달아 방혈한다. 그리고 넓은 작업대로 옮겨 부위별로 분리한다. 먼저 배를 갈라 내장을 꺼내는데, 우리는 대부분의 내장을 먹는다. 심지어 오줌보도 소중하게 관리하는데, 돼지고기를 채워넣은 최고급 '쿨라텔로'를 만들 수 있기 때문이다. 쿨라텔로는 프로슈토보다 훨씬 비싼 인기 부위다.

내장을 정리하고 부위별로 해체하기 시작한다. 어깻살과 앞다릿살은 발라내어 즉석에서 살라메를 만든다. 뒷다리는 한국과 달리 아주 비싼 프로슈토를 만들 수 있기 때문에 모양을 그대로 유지하여 가공한다.

그라인더에 고기를 갈고 마늘과 지방, 소금과 피노키오 finocchio라고 부르는 펜넬 씨를 갈고 후추와 레드와인을 섞어(어떤 경우는 매운 고춧가루도) 창자에 채워넣는다. 이렇게 작은창자에 넣은 건 살라메, 큰창자에 넣은 건 살루메라고 부른다. 바로 삶거나 구워먹기도 하고, 상당 부분은 지하 저장고에 옮겨 걸어둔다. 마르면서 특유의 건조식품이 된다.

돼지를 잡는 날은 한국이나 유럽이나 잔칫날이다. 이탈리아에서는 온 가족이 모여 돼지를 잡고 저장하기 위해 소금 치고 절이면서 중세시대부터 이어져온 '돼지 김장'의 역사를 이어간다. 레드와인을 따르고, 돼지고기를 즉석에서 구워먹는다. 직접 만든 소시지를 삶아서 겨자에 찍어먹는 맛은 정말 일품이다. 물론 이젠 거의 없어진 행사다.

돼지는 유럽에서 더할 나위 없이 중요한 고기였다. 특히 지방은 맛도 좋고, 음식의 기본양념으로 중요했다. 지금도 베이컨과 판체타*는 유럽의 요리에서 빠질 수 없는 핵심이다. 삼겹살은 한국의 경우 구이용으로 쓰이는 고급 부위이지만, 이탈리아에서는 일종의 양념으로 쓰인다. 소금과 허브를 쳐서 숙성시킨 후 저며서 온갖 요리에 쓴다. 우리가 좋아하는 카르보나라 스파게티에는 돼지의 턱살을 소금에 절인 후 숙성시켜 저며 쓰는 것이다. 지하 저온 창고에서 판체타가 돌돌 말려서 실로 묶인 채 걸려서 숙성되는데, 집집마다 양념 맛이 다 다르다.

이탈리아에서 현지 학생들과 생활한 적이 있다. 대학에 다니는 그들은 부활절이나 휴일에 집에 다녀온다. 그들이 가방을 열면 졸인 토마토소스, 올리브유와 함께 판체타나 살라메가 튀어나왔다. 살라메는 생각보다 그리 짜지 않다. 오래 두고 먹을 것은 소금을 많이 치고, 금세 먹는 건 심심하게 담는다. 창자로 만든 케이싱을 찢어내면 비계가 점점이 박힌 살점이 나왔다. 빵에 얹어 먹거나 그냥 먹는데, 대개는 에피타이저로 쓰인다. 짭짤한 살라메를 먹으면서 식욕을 천천히 돋우는 것이다.

---

* 삼겹살을 염지해 만든 이탈리아의 생햄

남부 지방 출신의 유학생이 가져온 살라메는 매운 고춧가루가 많이 들어 있어서 우리 입에 더 잘 맞았다. 보통 삶아먹는 소시지는 독일식이다. 이탈리아에서는 삶는 소시지는 드물고, 대개 염장하여 날것으로 먹는다. 날고기가 상하지 않고 숙성되면서 특유의 향을 내고, 오래 보존할 수 있게 된 것은 식품산업의 중요한 성과물이다. 우리가 김치와 된장, 고추장 같은 저장성 발효식품을 자랑하는 것처럼 유럽도 숙성시키는 육가공품의 본고장으로 지구에서 우뚝 서 있다. 고기는 소금을 치고 저장, 숙성되면서 참으로 오묘한 맛을 낸다. 예를 들어 이탈리아 파르마 근처의 지벨로 지역은 세계에서 가장 비싼 쿨라텔로 햄을 만드는 곳이다. 포강이라고 하는 중요한 강이 흐르는 지역 옆의 지하실에서 쿨라텔로를 숙성시키는데, 참으로 희한하고 오묘했다. 시원할 줄 알았던 지하실은 의외로 약간 후텁지근했고, 콤콤한 냄새가 났다. 창이 그냥 열려 있어서 바람이 잘 통하게 되어 있는데 강가의 습한 공기가 밀려 들어와 최적의 습도를 유지해주는 것이 이채로웠다. 걸려 있는 제품에는 세계 각국의 미슐랭 쓰리 스타, 각국 원수의 이름이 적혀 있었다. 수량이 적으니 예약되어 팔리고 있는 것이었다.

　돼지야말로 오늘날 유럽 요리의 가장 강력한 우군이다. 흔히 유럽은 쇠고기를 즐길 것처럼 생각한다. 그러나 영국과 북부의 몇 나라를 제외하면 유럽에서 소를 기르는 것은 쉬운 일이 아니었다. 초지를 확보하는 것이 쉽지 않았기 때문에 대다수는 고기용보다 우유를 생산하는 소를 선호했다. 그래서 유럽에서 송아지 고기가 인기 있는 것이다. 암소는 젖을 짜기 위해 기르고, 수소는 송아지로 잡아먹어버렸던 관습이 이어진 것이다.

긍게 이것이 다
거시기 덕이여

홍어

"한 점 홍어와 가오리 한 마리를 바꾸지 않겠다." 내 친구의 주장이다. 우리 가게에 이 친구가 오면 곤란해진다. 온몸에서 홍어회 삭은 냄새가 난다. 이미 제 코는 마비되었으니, 알 리 없다. 설사 안다고 해도 개의할 바 아닐 것이다. "왜? 맛있는 냄새 가지고 왔으니 맥주나 한 잔 공짜로 내라." 이럴 녀석이다.

어려서부터 먹은 음식이 아니어서 나는 홍어에 목숨걸 정도로 취미는 없다. 맛있되, 있으면 먹고 아니면 그만이다. 이른바 미식가 세계의 진입에는 몇 가지 통과 음식이 있다. 냉면, 홍어.

이 음식을 애호 내지는 이해하느냐 아니냐는 시중에서 미식가를 가르는 한 기준이 됐다. 호남 사람이거나 아니거나, 그 혈통과는 아무 상관이 없다. 홍어 좀 먹고, 어디어디가 좀 하고, 그 가게의 내력을 알아야 미식가라고 해도 크게 틀리지 않는다. 홍어가 정말 그렇게 맛있는 음식이냐 하는 건 별개의 문제다. 이 음식이 가진 별스러운 면, 그 고약하다시피 한 향이 가져다주는 호오好惡로부터 자유롭느냐 하는 판단이 바로 미식가의 여부를 가르곤 하는 것이다.

특히나 호남 혈통이 아니면서 이걸 좋아한다고 하면, 한 수 더 먹어준다. 고향 음식도 아니면서 그 맛을 아는 바이니 그 어찌 대단치 않은가, 이런 대우를 받는다. 고향이 안동도 아니면서 문어숙회와 고등어자반의 맛을 안다면 그 역시 대단할 것이지만, 홍어가 누리는 위력에서는 한 수 밀린다. 왜 홍어일까. 그러므로 그것은 음식을 넘어 위대한 인내심과 남들이 느끼지 못하는 세계에 들어선 선각자의 풍모까지 생기게 되고 마는 것이랄까.

내가 홍어를 처음 맛본 것은 역시 광주였는데, 이 동네가 홍어 삭히기로는 최고라는 곳이다. 홍어가 흑산도에서 잡혀(실은 남도의 꽤 넓은 권역과 서해안도 어로권이다) 영산강을 통해 북상, 나주 광주에 이르면 홍어 수송 경로의 종점이 되는데, 옛 풍선(風

^船, 돛단배)이나 허접한 동력선의 속도로 볼 때 광주까지 가면 삭을 대로 삭아버린다는 얘기다. 그래서 흑산도는 생회, 목포는 어느 정도 삭은 것, 나주는 제법 삭은 것을 먹는다는 설명이다. 지금은 냉장 수송으로 수송 경로와 이동은 의미 없다고 할 것이고, 실제로 입맛도 바뀌고 있다. 목포에서도 푹 삭힌 걸 먹기도 하고, 흑산도에서 역시 삭힌 회도 낸다. 물론 흑산도 사람들은 "외지서 온 손님이 찾응게 삭힌 걸 내는 것이제, 흑산도선 그리 안 묵어" 하고 말겠지만.

나의 홍어 첫 체험장은 광주 무등산이었다. 무등산에 최희섭처럼 등산하러 간 건 아니고, 소설가 박원식 형의 결혼식이 거기서 있었다. 요즘도 그러시는가 모르겠지만, 당시 광주 사람은 무등산의 닭집에서 피로연이나 큰 잔치를 많이 한 모양이다. 입성도 결혼식에 도저히 어울리지 않을 넝마 비슷한 걸 입은 문창과 후배들이 줄줄이 그 닭집에 앉아서 먹어 조지고 있었다. (대개 축의금도 내지 않았을 것이다. 축의금이 뭐냐, 나중에 서울 올라간다고 차비까지 뜯어갔는데!) 그때 나온 것이 알루미늄 도시락에 담긴 홍어회였다.

잔치 한번 제대로 치른 것이었다. 홍어는 생것이면 불그죽죽하고 선명한데, 삭으면 채도와 명도 모두 싹 잃고 딱 입맛 떨어지는 색으로 바뀌어버린다. 홍어 살점이 삭삭 저며져서 "아나,

묵등가 말등가” 하는 때깔로 도시락에 누워 있었다. 한 점 먹는데, 세상에 이런 맛이 있다니! 입에 넣었으니 도로 뱉을 수도, 그렇다고 불쌍한 내 위장에 넣어주기 위해 삼키기도 뭣한 상태가 되었다. 옆에 형들을 보니, 꿀떡꿀떡 잘도 먹는 것이 아닌가. 보해소주 25도짜리를 벌컥 마시며 얌냠냠 완전 삭은 홍어를 질겅이며 씹어돌리는 모습이라니. 그때나 지금이나 ‘가오’ 떨어지는 건 싫었던 나는 열심히 홍어를 씹었으나 결코 그 맛을 알 수 없었다. 그저 씹고, 냄새를 지우기 위해 보해소주나 마실 뿐이었다. (삭힌 홍어를 먹고 나면 소주가 물처럼 무색무미무취의 음료가 된다. 그건 장점이자 단점이다.)

그렇게 잔치가 끝나고 차비 뜯어서 광주발 용산행 기차를 탔는데, 정 많은 혼주께서 멀리서 온 남사당패, 아니 거지떼(죄송합니다, 당시 선배님들)를 위로하느라 홍어와 떡 같은 걸 한 보따리 또 싸주신 게 아닌가. 완행열차이니 아마도 아홉 시간인가를 달렸는데, 그때 기차엔 아주 발바닥 붙일 틈이 없게 사람이 많았다. 그러거나 말거나 우리는 미리 자리를 차지한 터라 홍어를 꺼내서 다시 보해소주, 그러다가 보배소주(홍익회 구루마 아저씨들이 소주도 팔았는데, 중간 보급을 받는 곳에 따라 소주의 산지 표기도 달라졌다. 충청도로 진입하니 보배소주를 팔았다)를 부었다. 만원 기차, 그것도 아홉 시간짜리, 거기서 술 취한 거지떼(물론 우리는 죽어도 가난한 문학청년일 뿐이었다)들이 홍어에다가 소주를 마시는 광경을 상상해보라.

놀라운 건, 진짜 대단한 건 아무도 "어이 형씨들, 거기 냄새 지독하구만" 이런 말을 듣지 않았다는 점이다. 물론, 우리들이 무서워서 아무도 입을 열지 않았을 수도 있다. 그러나 홍어 냄새와 맛을 알아주는 사람들이 탑승한 터라 그랬다고 믿고 싶다. 호남선이었으니까.

그럭저럭 홍어 맛을 알고, 누가 먹는다면 따라나서는 처지인데 연전에 목포에 갔다가 좋은 홍어를 한 점 먹었다. '덕인주점'이라고, 널리 알려진 집인데 목포 구시가가 완전히 죽어버려 이집도 썰렁한 기운이 연연하였다. 머리 희끗한 주인 형님과 앉아서 건네주는 홍어에 〈목포의 눈물〉 부른 전설적인 가수 '이난영 기념관' 보해소주를 마셨다. 형님의 얼굴이 사우나를 막 갔다 온 듯 밝고 환하여 비결을 물었다.

"긍게 이것이 다 홍어 덕이여."

홍어 팔고 남은 것으로 국을 끓여먹었던 것이 어언 삼십몇 년. 그러다보니 안색이 아주 혈기왕성하고 좋아졌다는 것이다. 이부분, 의학적 조사를 거치지 않았으니 함부로 단정할 순 없으나 홍어장수 30년이 넘은 양반의 말이니 안 믿을 수도 없겠다.

어느 날, 전화 한 통을 받았다. 박준우라고, 여러분도 잘 알 만한 요리사다.

"아이슬란드에 가서 홍어 좀 드실랍니까?"

뜬금이 없다. 비행기 태워주고, 아이슬란드에 홍어 싸 가지고 가서 먹여준다는데, 오케이. 그 와중에도 '홍어를 어떻게 외국 비행기에 싣고 가지?' 하고 걱정을 했다.

아이슬란드는 한마디로 설명하면, '아무것도 없는 곳'이었다. 우리가 '아무것'이라고 말할 때는 술집이 몰려 있는 저잣거리, 재래시장, 큰 쇼핑센터, 사람이 우글거리는 거리 같은 걸 말한다. 그런 면에서 아이슬란드는 정말 아무것도 없었다. 시내에 관광객이 어슬렁거리기는 했지만, 그들도 심드렁한 표정이었다. 시내에 교회 하나는 정말 멋졌다. 가톨릭문화권의 복잡하고 정교한 교회가 아니라, 신교의 교회여서 단순한 디자인이었지만 그게 아이슬란드에 더 어울렸다. 아무것도 없는데 갑자기 짠, 밀라노 대성당 같은 게 있으면 이상할 테니까.

아이슬란드 축구팀은 지난번 월드컵 경기에서 메시가 뛰는 아르헨티나와 맞붙어 비겼다. 우리가 독일을 이긴 것 못지않은 대사건이었다. 상대방이 아이슬란드 선수들을 무서워하는 것 같았다. 이름도 다들 특이했다. 시드구르손, 할도르손, 하들그림

손, 사에바르손……. 이름이 '손son'으로 끝나는 건 그냥 '누구의 아들'이라는 뜻이다. 아이슬란드 전체 인구가 불과 34만 명. 전주시보다 적다. 그런데 월드컵 유럽 예선을 너끈히 통과했다. 건장한 체구, 바이킹의 후예다운 투쟁심(실은 이 땅에 정착한 바이킹은 농사 전문이었다나) 같은 것이 힘이 되었을 것이다. 물론 잉글랜드 프리미어 리그 소속 선수도 있지만, 자국 리그에서 뛰는 선수도 많이 섞였다. 흥미롭게도 아이슬란드 사람들은 직업이 두어 개 된다고 한다. 인구가 적으니 멀티로 뛰어야 하는 까닭일까. 축구 대표팀만 봐도 치과의사, 소금공장 직원, 영화감독 등이 섞여 있었다니.

여차저차해서 광주 MBC의 홍어 대탐사 프로젝트 방송에 출연하게 된 것이었다. 아이슬란드가 첫 기착지. 놀랍게도 이곳은 삭힌 홍어를 먹는 세계 유일의, 아니 유이의 나라였다. 설마, 했는데 진짜로. 단, 12월 24일 크리스마스이브에만 먹는다고 한다. 옛 조상의 고행을 되새기며, 삭혀서 푹 찐 요리에 양 기름을 쳐서 먹는다. 어떤가. 왠지 아이슬란드의 혹독한 한겨울을 이겨낼 것 같지 않은가.

삭힌 홍어를 준비해준 식당에 가니, 주방에서 바로 그 냄새가 난다. 아, 진짜야 진짜. 설마 했던 내가 부끄러워졌다. 누구나 홍어를 먹을 수 있는 것이다. 그 냄새쯤이야, 길들면 못 먹을 일도 없는 일. 김치를 먹는 서양인을 보라.

홍어를 파는 중도매인의 창고에 가봤다. 실로 어마어마한 크기의 홍어가 널려 있다. 한국 홍어는 암컷이 더 비싸다. 크고 맛있다. 여기선 그런 건 없다. 흥미로운 건 날개만 잘라서 먹고 나머지는 다 동물 사료로. 삭히면 젤리처럼 되는 홍어 코도, 녹진하고 부드러운 애도, 잘 삭히면 씹히는 뼈가 일품인 척추와 그 부위의 살도 다 버렸다. 옆에서 누군가 혼잣말하듯 뱉었다.

"아이구, 아까워라. 저걸 한국에 수입해가면…….'

홍어의 맛은 한국 것만은 못했다. 국적이 다른 홍어는 섬세한 맛이 적었다. 역시 먹이 때문이다. 흑산도 앞바다의 복잡한 해저 생물권과는 다른 것이다. 박준우가 다른 해석을 한다.

"초장이랑 쌈장이 없어서 그럴지도 몰라요.'

그렇겠다. 초장 대신 양 기름이라니, 살찐 양의 노린내 심한 기름을 뿌려 먹다니.

제철의 맛

　겨울에 차진 방어 살 몇 점은 생선에 오른 기름이 무엇인지 알게 해준다. 소주라도 한잔 곁들이면 "한 시절 잘 살고 있네" 하는 말이 절로 나온다. 봄에 조갯국 한 대접을 마시다보면 한숨이 또 나온다. 이걸 천년 동안 먹을 수 없어서 나오는 탄식이다. 달아서 혀가 녹는다. 개나리 진달래가 피면 조갯국을 먹어야지 한다. 가을에 구워 쌉쓸한 내장으로 술안주를 하면 그만인 꽁치는 어떤가. 목포까지 가서 먹는 겨울 홍어의 맛은 또 얼마나 쩌릿한가. 우리는 잘 모르고 살았지만, 제철의 순환으로 살찌고 미각을 응원했으며 그 힘으로 살아왔을 것이다. 그것이 우주의 일이기도 하다.

아마도 십수 년 전부터의 일일 텐데, 먹는 일을 자랑하는 풍조가 생겨났다. 특히 텔레비전이 아주 대놓고 부추기기 시작했다. 시청률이 나오니까. 잡고 캐서 돈 만들어야 하는 산지 사람들과 어머니의 장보기 시계에 내장되어 있던 '제철'이라는 개념이 국민 유행이 된 것이었다. 온갖 매체에서 제철 음식의 맛을 설파한다. 이를테면 봄의 주꾸미와 도다리쑥국, 겨울 방어 같은 것들. 이는 반쯤은 종교가 되어서 마치 그 철에 먹지 않으면 난리가 날 음식이라는 듯 사람들을 몰아쳤다. 제철은 산업이 됐다. 한 채널에서 제철 음식 프로그램을 방영하고 있는데, 또 한 채널 돌리면 홈쇼핑으로 그걸 팔고 있다. 그로 인한 부작용은 말할 것도 없다.

봄에 주말이면 서해안으로 가는 길은 주꾸미 드시러 가는 차들로 막히고 밀려 갑갑하다. 알 품은 주꾸미를 남획해서 어황이 나빠졌다는 공박과, 오래전부터 이어오던 관습이고 어민들도 먹고살아야 하는데 무슨 소리냐는 반박이 이어진다. 인심이 험악해졌다. 제철이란 말에 진저리를 칠 만도 하다. 더불어 알배기 주꾸미가 오갈 무렵에 서울과 남해안을 휩쓸고 다니는 열풍이 하나 있는데, 아시는 대로 도다리쑥국이다. 소박한 어항의 국이 '이거 안 먹으면 말을 마쇼' 하는, 절대로 먹어야 하는 시식이 되었다. 늦가을에 강원도에 가서 메밀을 먹어야 한다는 것도 시식時食일 텐데, 그쪽에서는 관에서 보조금을 주고, 억지로 메밀을 심는 일도 벌어진다. 초가을 메밀꽃(메밀이 아니라 꽃)이 피어야 축제를 열 수 있는 까닭이다. 돈 되는 다른 작물을 뒤로하고 메밀을 심는다. 보조금이 전부는 아니겠고, 애향심도 작동한 것이리라. 그러자니 연작을 해서 알곡이 조촐해져도 별일이 아니다. 꽃이 피면 그만인 것이다.

서해안 한 동네에서는 겨울에 굴축제를 하는데 몰려드는 손님들로 굴이 모자라 통영에서 굴을 사다 화물차로 나른다. 한반도 굴이 다 거기서 거기지, 그렇지, 뭐 어때, 이런 위로라도 하면서.

대하라는 것도, 나오는 게 적고 철도 짧은데 손님들이 몰아쳐 부족분을 양식 새우로 가져다 대서 말썽이 일었다. 알고 사고팔면 무난했을 일이 얼버무리고 딴청 피우다가 사달이 났었다. 대체로 이런 판국이다.

민어는 또 어떠냐. 누가 만든 말인지 복달임에 민어가 제일이고 서울 양반들은 그리했다는 말이 퍼지면서 초여름만 되면 민어를 둘러싸고 큰 소동이 인다. 여름 한철 민어잡이는 워낙 큰 돈이 오가니, 남서해안 산지에서는 전쟁이 벌어진다. 선장들은 속이 타고, 손님들은 엄청난 그 민어값에 간이 오그라든다. 그래도 한여름 민어 한 점을 먹어야 복달임을 했다고 생각하게 만든 것이 미디어와 유행이다. 언제부터 우리가 여름에 민어 복달임을 했는지도 모르겠다. 각자 가풍과 요량대로 하던 복달임도 사라지고, 텔레비전에서 내모는 대로 민어집에 가서 줄을 선다. 나는 그 돈을 주고 민어 먹을 생각이 전혀 없다. 여름 민어가 얼마나 맛있는데. 누가 그 재미를 뺏어간 것만 같아 슬프다. 다른 계절에 주막집에 앉아 민어를 먹는다. 그런 때라야 우리가 수긍할 수 있는 민어 요리값을 받는다.

이런 난리에도 나는 제철을 적는다. 제철을 무시하고 음식이 제 얼굴을 지니기도 어려운 까닭이다. 첨단의 요리 기술과 보존 능력에도 거스를 수 없는, 이젠 애증이 된 제철의 산물들. 읽어서 알고 나면 몰라서 못 먹어보는 일은 없으리라는 생각에 책을 낸다. 맛있는 것 못 먹고 지나가는 여러분의 인생이 아쉬울 것만 같아서.

글로 적은 음식 이야기는 한 수레를 쌓아도 한술의 음식이 못 된다. 그것이 물질의 힘이다.

여기 묶은 글은 〈하퍼스 바자〉와 〈중앙일보〉에 연재한 것임을 밝혀둔다.

박찬일

오늘의 메뉴는
제철 음식입니다

1판 1쇄 발행 2019년 5월 13일
1판 4쇄 발행 2024년 3월 5일

지은이 박찬일

편집 변규미 **모니터링** 이희연
디자인 김선미 **그림** 이은혜 **제작** 강신은 김동욱 이순호
마케팅 김도윤 **브랜딩** 함유지 함근아 고보미 박민재 김희숙 박다솔 조다현 정승민 배진성

펴낸이 이병률
펴낸곳 달 출판사
출판등록 2009년 5월 26일 제406-2009-000034호

주소 10881 경기도 파주시 회동길 455-3
✉ dal@munhak.com
🐦f📷 dalpublishers
전화번호 031-8071-8683(편집) 031-8071-8681(마케팅)
팩스 031-8071-8672

ISBN 979-11-5816-095-1 03810